AXEL HACKE

Wozu wir da sind

GOLDMANN

Lesen erleben

Buch

Seit dreißig Jahren schreibt Walter Wemut Nachrufe. Nun soll er eine Geburtstagsrede halten – über das gelungene Leben. Wemut lässt seine Gedanken schweifen, denkt an Freunde und Bekannte. An den Studienkollegen, der jung am Leben scheiterte, und an den Sportkameraden, den er aus den Augen verlor und in der Not wiederfand, ohne Wohnung und Job. Wann ist ein Leben gelungen, wann nicht? Wer entscheidet das? Wie kann man glücklich sein, wenn man kein Glück hat? Mit seinem an Hunderten von Schicksalen geschulten Blick beleuchtet Wemut die vielen Lebensentwürfe, die ihm begegnet sind, zieht die Literatur zu Rate, macht sich Gedanken und mixt alles zu einem furiosen Monolog.

Weitere Informationen zu Axel Hacke sowie zu lieferbaren Titeln des Autors finden Sie am Ende des Buches.

AXEL HACKE

Wozu wir da sind

Walter Wemuts Handreichungen für ein gelungenes Leben

GOLDMANN

MIX
Papier aus verantwortungsvollen Quellen
FSC® C014496
FSC
www.fsc.org

Penguin Random House Verlagsgruppe FSC® N001967

1. Auflage
Taschenbuchausgabe August 2021
Wilhelm Goldmann Verlag, München,
in der Penguin Random House Verlagsgruppe GmbH,
Neumarkter Str. 28, 81673 München

Umschlaggestaltung: UNO Werbeagentur, München, nach einer
Gestaltung von Heidi Sorg & Christof Leistl
Umschlagmotiv: © Philipp Kehl, Ausschnitt aus Three Ghosts, 2009
(State of Mind, Nieves Verlag, 2014)
mb · Herstellung: ik
Satz: Mediengestaltung Vornehm GmbH, München
Druck und Bindung: GGP Media GmbH, Pößneck
Printed in Germany
ISBN: 978-3-442-49136-0
www.goldmann-verlag.de

Besuchen Sie den Goldmann Verlag im Netz

Für Ursula

Ich solle in meiner Rede etwas über das gelungene Leben sagen, haben sie mir gesagt, *das gelungene Leben*. Die Freundin, um die es geht, wird achtzig, jedoch strahlt sie eine schwer zu beschreibende Frische aus, ach, Unsinn, was soll an Frische schon schwer zu beschreiben sein, Frische ist Frische, nicht wahr? Und ich rede von Neugier, Interessiertheit, Freundlichkeit, Wohlwollen, auch Spannkraft. Keine Rede von Arztbesuchen und neuen Hüften, kein Jammern, kein Klagen, drei Kinder, sieben Enkel, und in der Einladung steht: »Ihr glaubt es nicht, ich glaube es auch nicht, aber es ist die Wahrheit: Ich werde achtzig. Bitte feiert mit mir ein langes schönes Leben!«

Sie hört auch gut.

Ein paar Worte, haben sie zu mir gesagt, nur ein paar Worte, das sagen sie ja immer, das machst du doch mit links, das sagen sie auch immer, ein bisschen Nachdenkliches: wie ein Leben gelingen kann. Nur einige Minuten, länger nicht.

Bin ich Aristoteles?, habe ich geantwortet.

Gelungenes Leben.

Wenn ich das wüsste.

Ich war jetzt gerade beim Zeitungshändler, wie jeden Morgen, da ist mir eingefallen, dass ich in dreißig Jahren in dieser Straße drei Zeitungshändler erlebt habe.

Aber was heißt schon *erlebt*, wenn es um deinen Zeitungshändler geht?

Einer, der erste, hatte immer große Angst, überfallen zu werden, wieder und wieder erzählte er mir von Überfällen, die aber ganz woanders gewesen waren, nie bei ihm, nicht mal in der Nähe. Eines Tages zog er seine Tresenschublade auf und zeigte mir den Revolver, mit dem er sich wehren wollte, wenn es jemals so weit käme.

»Mit mir machen die das nicht!«, sagte er mit vibrierender Stimme. »Mit mir nicht!« Aber man hörte schon am Zittern seiner Worte im Raum, dass es damit schwierig werden würde, denn wenn seine Hand an jenem Tage genauso unruhig wäre wie seine Art, jetzt zu reden …

»Machen Sie sich nicht unglücklich!«, sagte ich. »Die paar Scheine, die bei Ihnen zu holen sind, wären es nicht wert, jemanden zu erschießen.«

»Es geht ums Prinzip«, antwortete er.

»Das ist immer schlecht«, sagte ich. »Prinzip? Immer schlecht.«

Eines Tages wurde er dann tatsächlich überfallen, zwei Mann zugleich, einer stand direkt vor ihm, der andere bewachte die Tür. Der Zeitungsmann zog die Schublade auf, um an die Pistole zu kommen, aber in dem Augenblick, in dem er das tat (und er tat es ja, wie ich mir vorstelle, auch noch sehr zögernd, ihm stand die Überlegung, was er denn machen solle, o Gott!, soll ich wirklich dem Räuber in die Brust schießen oder lieber in den Kopf, und gibt das nicht eine ekelerregende Blutgehirnmassesauerei hier in meinem schönen sauberen Geschäft?, dieser Gedanke also stand ihm quasi in Flammenschrift auf die Stirn geschrieben), in diesem Moment jedenfalls langte der Räuber blitzschnell über den Tresen und schnappte sich die Waffe, hielt sie dem am ganzen Leib zitternden Händler unter die Nase, verlangte das Geld und bekam es.

Viel war's nicht.

Dann waren die beiden weg.

Die Pistole auch.

Der Ladenbesitzer irgendwann bald ebenfalls.

Er verkraftete das alles nicht.

Keine Ahnung, wo der jetzt steckt.

Verkraften.

Arbeiten und verarbeiten, wursten und verwursten, schwinden und verschwinden – aber kraften und verkraften …? Haben Sie schon mal ein Wort namens *kraften* gehört? Ich kraftete, du kraftetest, er kraftete …?

Andererseits haben wir kein Verb namens *armen*, aber es gibt *verarmen*. Und ich könnte Ihnen etwas *reichen*, aber *verreichen*, nein.

Na, das nur nebenbei.

Vielleicht sollte ich über *das verkraftete Leben* reden?

Ich mache das ja normalerweise nicht, Geburtstagsreden, wissen Sie. Mein Metier sind Nachrufe, also, wenn die Sache wirklich gelaufen ist, dann bin ich dran. Das ist mein Beruf, ob Sie's glauben oder nicht. Die Zeitung hat das vor mehr als dreißig Jahren eingeführt, eine eigene Seite nur für die Toten und für mich, einmal die Woche, aber nicht nur für die berühmten Toten jetzt, die schon auch, einerseits; andererseits aber eben für die ganz normalen Menschen, Sie und irgendwann auch mich.

Die Toten der Woche.

So heißt die Seite. Jeden Samstag im Blatt.

Von Walter Wemut.

So heiße ich. Jeden Samstag im Blatt.

Denn der Witz ist: Alle Nachrufe werden von demselben Autor geschrieben, also von mir. Deswegen mache ich zum Beispiel kaum Urlaub, der Tod kennt keine freien Tage. Das ist aber nur einer der Gründe, der andere – ach, dazu vielleicht später.

Ich bin sozusagen der publizistische Totengräber der Zeitung. Ich bin gewöhnt, das Leben von seinem Ende her zu sehen. Vielleicht hat sich deswegen auch etwas in mir gesperrt gegen diese Rede. Ich bin so was schon öfter gefragt worden, aber dann habe ich immer gedacht: Die Jubilare bekommen vielleicht das Gefühl, ich trage hier schon mal ihren Nachruf vor.

Also habe ich immer abgesagt.

Diesmal nicht.

Warum nicht?

Also: Warum halte ich diese Rede jetzt doch, demnächst?

Auf meiner Seite in der Zeitung geht es, wie schon gesagt, nicht bloß um die prominenten Sterbefälle, sondern auch um die einfachen Leute, um den verstorbenen Minister genauso wie um den Lateinlehrer, den alle kannten, die an seinem Gymnasium waren. Einzige Bedingung ist, dass ich irgendeinen Bezug zu den Leuten haben muss oder dass ich aus dem, was mir die Leute nach dem Tod des oder der Betreffenden erzählen, einen Bezug entwickele. Das ist eine total konsequente Angelegenheit, müssen Sie verstehen, es geht wirklich nur um mich und die anderen, aber das ist gerade das Entscheidende. Denn so ist es ja immer: Die Welt besteht aus Ihnen und den anderen und aus den Beziehungen, die sich daraus ergeben. Der Rest ist im Prinzip uninteressant.

Insofern ist die Seite komplett subjektiv, wie das Leben überhaupt.

Die Toten der Woche.
That's life.

Übrigens heiße ich wirklich Wemut, ohne h in der Mitte. Und ohne r. Nicht nur jeden Samstag im Blatt heiße ich so, sondern immer, auch montags und so weiter.

Ich meine: Es ist kein Pseudonym, falls Sie das gedacht haben sollten.

Ich kann nichts dafür, mein Vater hieß schon so. Der Großvater auch.

Natürlich muss ich mich mit der Redaktion abstimmen, die begraben ja, rein publizistisch gesehen, auch Leute. Sagen wir so: George H. W. Bush, der Vater von George W. Bush, starb am 30. November 2018. Da stand natürlich was im politischen Teil, und ich habe ihn, also Bush jetzt, einfach weggelassen.

Wenn ein gewisser anderer Amtsinhaber stürbe, würde ich auch nichts über ihn als Präsidenten verfassen, das ist die Aufgabe anderer. *Ich* würde etwas über die *Schwäche* schreiben, eine kleine Betrachtung der *Schwäche*, die sich hinter Getöse, Gedöns und Gedröhne verbirgt, damit man sie nicht wahrnimmt. Denn das ist schon phänomenal, nicht wahr?, dass es einerseits eine menschliche Schwäche gibt, die total offensichtlich ist, und andererseits eine, die bestimmte Menschen so gut verbergen können, dass sie nicht einmal selbst wissen, wie schwach sie sind, geschweige denn die vielen anderen, die einen solchen Schwächling sogar zum Präsidenten wählen.

Ist nicht die beste Tarnung für Schwäche: Stärke? Also eingebildete, vorgeschobene, gespielte Stärke natürlich?

Man müsste in einem solchen Text zu einer Definition menschlicher Stärke finden. Man müsste erklären, dass eine solche Stärke nur aus der Kenntnis der

Widersprüche unseres Lebens entstehen kann, aus der Überwindung von Zweifeln, der Kenntnis komplizierter Tatsachen, dem Nachdenken, der Berücksichtigung von Ängsten, ja, dass wahre Stärke die Erkenntnis der eigenen Schwäche voraussetzt. Man müsste schreiben, dass der Mensch sich oft so sehr nach Stärke sehnt, dass er seinen Verstand vergisst, dass ihm ein Schauspiel von Stärke genügt, eine Stärkedarstellung, die ihn herausreißt aus allem Schwierigen und die er als Befreiung empfindet.

Darüber müsste man nachdenken. *Das* könnte man schreiben, nach dem Tod gewisser anderer Amtsinhaber.

Natürlich auch schon vorher.

Aber es ist nun mal eine Nachrufseite.

Ich glaube, es würde nicht mal sein Name vorkommen, nur in der Überschrift natürlich, wobei, was heißt schon *Überschrift*? Es steht nur immer der Name über dem Text, Geburtsdatum, Todestag, fertig.

Bei den *Toten der Woche* stand zum Beispiel in den Tagen nach dem Tod Karl Lagerfelds, des Modeschöpfers, nichts über ihn, das habe ich dem Feuilleton überlassen – warum? Weil ich mein ganzes Leben lang mit Lagerfeld nichts anfangen konnte, er hat mir schlicht und einfach nichts bedeutet, verstehen Sie? *Er* konnte nichts dafür, *ich* konnte nichts dafür, wir waren uns ein bisschen schnurz, ich ihm sowieso, ist ja klar, aber er mir eben auch. Ich hätte es vielleicht interessant gefunden, eine Betrachtung darüber zu schreiben, wie es sein kann, dass ein Mensch trotz nicht geringer geistiger Gaben nie aus so einer Art Matrosenanzug herauswächst, in den ihn seine Mutter mal gesteckt hat, und dass er sein Leben bei größtmöglichem Erfolg doch in einer Art kindlicher Altklugheit verbringt.

Aber dann dachte ich, ich wüsste einfach zu wenig über ihn und täte ihm bloß unrecht. Also ließ ich die Finger von Lagerfeld.

Ich schrieb stattdessen in jener Woche, zum Beispiel, ein paar Zeilen über Gus Backus, der war zwei Tage nach Lagerfeld gestorben.

Backus war ein auf Long Island geborener amerikanischer Schlagersänger, der als GI nach Deutschland kam und der, als ich ein kleiner Junge war, 1961 einen Riesenhit namens *Der Mann im Mond* hatte, einen Foxtrott, in dessen Intro eine Rakete startete. Jahrelang war das ein Erfolg. Mit fünf Jahren flehte ich meine Eltern Mal um Mal an, mir das Lied vorzuspielen. Wobei mich das Lied nicht interessierte. Nur der Raketenstart! Danach hörte ich gar nicht mehr zu.

In den Sechzigerjahren hatte Backus Riesenerfolge in Deutschland, jeder, der damals lebte, kennt zum Beispiel *Da sprach der alte Häuptling der Indianer*, ein damals schon idiotisches Lied über die Beziehung von weißem Mann und Rothaut. Aber genau das war ein gutes Thema für den Nachruf, in dem es natürlich um sentimentales Sicherinnern ging. Backus' Song handelte davon, dass der weiße Mann eine Eisenbahn durch Indianerland baut und der rote Mann deshalb das Kriegsbeil auszugraben sich genötigt sieht – darauf beziehen sich die Zeilen:

Da sprach der alte Häuptling der Indianer:
Wild ist der Westen, schwer ist der Beruf.

Eigentlich hübsche Zeilen, nicht wahr? Besonders dieses »schwer ist der Beruf«, das ist originell, weil: Von welchem Beruf ist da die Rede? Häuptling? Das ist als Beruf nur wenigen von uns überhaupt geläufig, aber gemeint ist wohl, dass man bei der Berufsausübung als Häuptling eben gelegentlich das Kriegsbeil auszugraben verpflichtet ist, obwohl man lieber seine Ruhe hätte, im Wilden Westen.

Wobei das Lied so endet: Dem Häuptling wird, als Beruhigungsmittel vermutlich, eine Stelle als *Conducteur* bei der Bahn zugestanden – tja, da muss man sagen: Man stiehlt dem roten Mann seine Heimat und sein Land, und als Ausgleich darf er Schaffner bei der Bahn des weißen Mannes werden?

Oha!

Das ist von geradezu schnarrender Blödheit, oder? Man könnte auch sagen: rassistisch, aber der Begriff wird mir heute bisweilen etwas zu beliebig verwendet, ich scheue vor ihm zurück, in diesem Fall, obwohl er die Sache schon trifft.

Aber das sahen wir natürlich damals nicht, für uns war es ein harmloses lustiges Lied, was es ja zum Teil wiederum nun mal auch einfach ist, und darum ging es in den *Toten der Woche* an jenem Tag: dass man sich manchmal von all dem Wissen um den Wahnsinn der Welt zurücksehnt in die Zeit des Nichtwissens und der Unschuld und der harmlosen Lustigkeit, in der nicht alles und jedes daraufhin befragt werden musste, ob irgendjemand auf der Welt beleidigt und erniedrigt sein könnte, wenn es gesungen würde.

Sehnsucht! Sogar in die Welt des Schlagers!

Jedenfalls: Backus hatte irgendwann keinen Erfolg mehr, kehrte nach zwei gescheiterten Ehen in die USA zurück, heiratete erneut und arbeitete als Vorarbeiter auf texanischen Ölfeldern. In Deutschland galt er vielen als tot – bis er dann, nach dem Ableben seiner dritten Frau, wieder hierherkam und zum vierten Mal heiratete: seine zweite Frau, noch mal, also, die war ja noch da. Und er heiratete sie eben erneut.

Was alles in so ein Leben reinpasst, nicht wahr?

Wenn man nur will …

Oder muss.

Daneben stand an jenem Tag ein größerer Text über den Buchhändler, der einen Laden neben meiner Schule gehabt hatte. Fast jeden Tag war ich als Junge in dem Laden gewesen, um in Büchern zu blättern, die ich mir nicht leisten konnte – manchmal schenkte er mir ein *Reclam*-Bändchen, in der Drogenszene würde man das *anfüttern* nennen, glaube ich. Und dann gab es noch was über den Masseur der viertbesten Fußballmannschaft unserer Stadt, den hatte ein Herzinfarkt erwischt, er war nicht alt, siebenundvierzig glaube ich. Ich gehe ja regelmäßig zu den Spielen, weil ein Neffe von mir zur Mannschaft gehört, und immer, immer, immer lief bei jeder Verletzung dieser Masseur mit auf den Platz. Mehr wusste ich auch nicht über ihn, als dass ich ihn eben dort immer laufen gesehen hatte, viel mehr gab es zunächst auch gar nicht zu erzählen: ein laufend zu Hilfe eilender Mann, dieses Bild hatte ich von ihm.

Aber in der großen Mehrzahl besteht die Menschheit nun mal aus solchen, über die nicht groß was zu erzählen ist. So scheint es. Und genau das ist das Interessante. Weil es nämlich – meine Erfahrung – *immer* etwas sehr Interessantes zu erzählen gibt. Über praktisch jeden Menschen.

Auch über den Masseur.

Man muss es nur herausfinden. Man muss es wissen wollen.

Gestern habe ich im Radio eine dieser Sendungen mit Leuten gehört, die im Sender angerufen haben, um mitzuteilen, wo eine Radarfalle steht, in diesem Fall handelte es sich um Heinz, der sehr aufgeregt berichtete, was er berichten wollte. Dann fragte die Moderatorin den Heinz noch, ob er irgendeinen Wunsch habe.

Ja, ich möchte meine Frau grüßen.

Und wie heißt die?

Sabrina.

Wie süß!, Heinz, kannst du noch was über sie erzählen? Wie ist sie denn so?

Pause.

Heinz?!

Also … Eigentlich ist die ganz normal.

Das war, was ihm zu seiner geliebten Frau einfiel. Dass sie ganz normal ist.

Lustig, ja …

Mich rührt es zu Tränen.

Schlagersänger, Buchhändler, Masseur. So sieht die Seite oft aus.

Aber manchmal auch anders.

Zum Beispiel: Georges Simenon, der starb 1989 – ja, so lange mache ich das schon, 1989, noch länger ja schon, seit 1985 nämlich –, jedenfalls 1989, bei Simenons Tod, da habe ich die ganze Seite nur mit einer Geschichte über ihn gefüllt, weil ich ihn verehre wie wenige andere, als Autor.

Und als George Harrison, der Beatle, 2001 dran war, habe ich, andererseits, nichts über ihn geschrieben, nur zwei Sätze unter seinen Namen gesetzt.

There was never a time when I did not exist, nor you. Nor will there be any future when we cease to be.

Das ist von Krishna, also eine der größten Gottheiten des Hinduismus, Harrison hatte es in der Hülle seines Albums *Somewhere in England* zitiert, als Widmung an John Lennon. Der war ermordet worden, während Harrison an dieser Platte arbeitete. Überlebt hat Harrison seinen Freund um mehr als zwanzig Jahre.

Er folgte ja selbst den Lehren des Hinduismus.

Wussten Sie eigentlich, dass auch Harrison 1999 fast von einem Irren erstochen worden wäre? Das war auf seinem Anwesen in England. Seine Frau rettete ihn, indem sie mit einem Schürhaken und sogar noch einer Lampe auf den Täter einprügelte, der Harrison schon ein paar Stiche versetzt hatte. Dann kam zum Glück die Polizei.

Ich mochte Harrison, aus der Ferne, so ein schüchterner Mann, der kein großes Gewese von sich machte.

Da passte das, nur zwei Sätze. Diese Sätze.

Niemals gab es eine Zeit, in der ich und du nicht existierten, noch wird es eine Zukunft geben, in der wir aufhören zu existieren.

Na ja, das sind maximal fünf, sechs nicht sehr lange Texte pro Woche, manchmal auch nur einer, der ist dann natürlich länger, je nachdem.

Ist natürlich Quatsch, was ich gerade gesagt habe, Sie können auch ohne meinen Nachruf begraben werden, die meisten Leute werden ohne meinen Nachruf begraben, das ist sozusagen der Normalfall, logisch. Suchen Sie sich's einfach aus, schreiben Sie mir eine Mail: Halten Sie die Klappe, wenn ich mal in die Kiste gefallen bin, keine Zeile will ich von Ihnen!

Ich halte mich dran.

Also, wahrscheinlich.

Ist ein Riesenrenner, *Die Toten der Woche*, ich schwöre Ihnen, es gibt keinen in der Stadt, der die Seite nicht liest, von ein paar Dreizehnjährigen abgesehen und von den Leuten natürlich, die sowieso nichts lesen, also mittlerweile den meisten, leider. Die Menschen interessieren sich wahnsinnig für den Tod.

Sie reden nur nicht gerne drüber.

Aber in jeder Zeitung gehören die Seiten mit den Todesanzeigen ja sowieso schon zu den meistgelesenen, ganz ohne Nachruf. Man schaut: Kannte ich da jemanden? Je älter man wird, desto mehr guckt man auf die Geburtsjahrgänge der Toten, und bisweilen sieht man auch echt Lustiges, hier zum Beispiel, das hat mir jemand geschickt, da lautet die Anschrift der Hinterbliebenen tatsächlich *Auf dem Erbe*, die Straße gibt's da, in dieser Stadt, welche war das noch mal?

Bielefeld, genau, hier liegt der Brief.

Und kennen Sie eigentlich diese Bücher mit den kuriosen Sterbeanzeigen, sehen Sie, dahinten, ganz oben auf dem Stapel, *Aus die Maus,* schauen Sie mal: eine Sammlung kurioser Todesannoncen, da ist einer gestorben, der hieß Leberecht Lange. Der Name war Programm, der Mann ist mehr als achtzig Jahre alt geworden, aber der Vorname funktioniert wirklich nur in der Verbindung mit diesem Nachnamen.

Wir haben *Die Toten der Woche* übrigens mit Absicht nie in die Internet-Ausgabe gestellt, das ist der Trick. Gestorben wird nur auf Papier, eine Frage der Würde.

Keine Netzbestattung. Da fehlt einfach die Ruhe, verstehen Sie? In dem Gekreische.

Also, die Leute haben jedenfalls Humor, was?
Ich meine: *mich* als Geburtstagsredner.
Für eine Achtzigjährige.

Wissen Sie übrigens, was mir eben da draußen passiert ist?

Ich gehe auf dem Bürgersteig meine Straße entlang, der Tag ist noch jung, das Wetter ist schön, die Vöglein singen, da kommt meine Frau mit dem Fahrrad die Straße entlang, sie sieht mich, ich sehe sie, sie bremst und rollt auf mich zu, stoppt an der Bordsteinkante auf dem Parkstreifen hinter einem dort stehenden Auto.

Küsst mich.

Wir unterhalten uns ein wenig.

Nach zwei Minuten möchte der Fahrer des Autos, hinter dem meine Frau steht, ausparken, also schiebt sie ihr Fahrrad nach vorne auf den Bürgersteig, auf dem sie nun quer steht, ohne ihn allerdings gänzlich zu versperren.

Und wir unterhalten uns weiter.

Aber es geht eine Frau den Bürgersteig entlang, sie geht sehr langsam, sie schaut auf das Fahrrad, sie schaut auf uns, dann schüttelt sie missbilligend den Kopf.

Problem: Sie müsste ihren Weg um etwa 45 Grad nach rechts lenken, zwei Schritte in diese Richtung gehen, dann wieder 45 Grad nach links nehmen, wiederum zwei Schritte, dann wieder 45 Grad rechts, darauf den alten Kurs weitersegeln.

Stattdessen: Tsss, tsss …

Miss Billigung passt es nicht, dass wir hier stehen.

Ich sage, ein bisschen angefressen: Schauen Sie, Sie müssen doch nur 45 Grad nach rechts und so weiter – – –. Da ist sie schon vorbei. Aber sie reckt, im Davonspazieren, den rechten Arm und zeigt mir den längsten Finger, den sie hat.

Wie geht man damit um?

Ich stand da, ehrlich gesagt, fassungslos herum und dachte: Wieso, um Himmels willen, geschieht so etwas an einem Morgen wie diesem, wie gesagt: Tag jung, Wetter schön, Vöglein zwitschernd? Warum geschieht es überhaupt? Was habe ich dieser Frau getan? Warum versaut sie mir die Stimmung? Warum lasse ich mir von ihr die Stimmung versauen? Warum vergesse ich die Dame nicht im gleichen Moment, in dem ich sie gesehen habe? Oder schon vorher. Warum lasse ich sie nicht unter meiner Wahrnehmungsschwelle davonlatschen?

Aber ich gehöre nun mal nicht zu den Leuten, denen andere Leute egal sind, was soll ich machen? Ich gehöre zu denen, die in anderen gerne ein Licht anknipsen würden, um in sie hineingucken zu können, verstehen Sie?

Was ist eigentlich los in Leuten wie Miss Billigung? Was brennt in ihnen für ein unkontrolliertes Feuer, welche Glut glimmt da vor sich hin? Meine These wäre, dass es ihnen doch wahrscheinlich *darum* geht: durch ihr Verhalten in anderen die gleiche Ratlosigkeit, Wut, Verzweiflung zu entzünden, die in ihnen selbst glosen. Und insofern sind diese Menschen natürlich ständig auf der Suche nach Situationen, in denen sie irgendwie benachteiligt oder übersehen oder beiseitegeschoben werden, um darauf entsprechend zu reagieren, so wie manchmal Leute hinter den Gardinen ihrer Wohnungen darauf lauern, dass draußen auf der Straße etwas geschieht, das ihnen nicht gefallen könnte, dass also jemand falsch parkt oder eine Einfahrt versperrt oder eine Mülltonne unschön platziert, damit sie sich darüber erregen können und wenigstens *irgendeine Art von Gefühl in sich verspüren können*, hinter ihrer Gardine.

Und deswegen denke ich manchmal, es wäre am besten, man würde einem Menschen wie Miss Billigung folgen und freundlich fragen: Na, sagen Sie mal, was ist denn mit Ihnen los, und wollen Sie mir nicht mal erzählen, was Ihnen widerfahren ist, dass Sie mir Ihren Finger entgegenrecken?

Macht man natürlich nicht. Aber der Menschheit ginge es besser, wenn man es gelegentlich mal täte.

Meine Meinung.

Wir reden immer von den *großen* Gefühlen, von Liebe und Tod, aber ich denke, man müsste auch mal von diesen *kleinen* Gefühlen sprechen, vom emotionalen Alltag, von diesen Leuten, denen man begegnet, wie sich Billardkugeln treffen, manchmal knallen sie voll aufeinander, bisweilen touchieren sie sich nur seitlich, dann wieder verpassen sie sich, aber nie bleibt das ohne Wirkung für das ganze Spiel.

Vielleicht ergibt sich mal die Gelegenheit eines Nachrufes auf Miss Billigung. Wäre eigentlich schön. Man weiß es nie.

Wie das Leben so spielt.

Und der Tod.

Sie denken jetzt vielleicht, ich würde Miss Billigung hinterherlaufen wollen, weil sie möglicherweise, hätte ich sie kennengelernt, ein guter Gegenstand für einen Nachruf wäre, wenn es denn mal irgendwann so weit ist. Material also. Ich meine, Sie denken, ich würde den Menschen dann meine Visitenkarte zustecken, *Walter Wemut, Nachrufe,* und dann melden sich eines Tages die Hinterbliebenen und sagen, sie hätten diese Karte entdeckt – und ob ich nicht …?

Dass ich also Menschen ausschließlich unter dem Aspekt sehe, was sie mir nützen könnten, im Beruf.

Oooooh.

So sollten Sie von mir nicht denken.

Außerdem übersähen Sie, dächten Sie dies, etwas Entscheidendes.

Denn!

Ich bin ihr ja nicht nachgegangen.

So eine Visitenkarte habe ich allerdings schon.

Ich weiß, mein Beruf kommt Ihnen seltsam vor. Machen Sie sich keine Sorgen, das ist normal. Das geht *allen* so. Die Leute sagen oft zu mir: Ist das nicht furchtbar traurig, sich immerzu mit dem Tod zu befassen?

Aber ich befasse mich nicht mit dem Tod!

Mein Thema ist das Leben – nur eben dann, wenn es vorbei ist. Ich schreibe nicht darüber, wie die Leute ums Leben gekommen sind und warum; ich schreibe darüber, was sie mit ihrem Leben gemacht haben und vor allem, was dies anderen bedeutet hat, mir zum Beispiel. Den Tod eines Menschen zu betrauern heißt: sein Leben zu feiern, sage ich immer, und ich sage das schon so lange, dass mir gar nicht klar ist, ob ich den Satz selbst erfunden oder irgendwo aufgeklaubt habe.

Also bei bekannten Leuten jetzt, da ist doch oft die Frage: Was waren die für mich? Simenon, den ich vorhin erwähnte, das war ein gutes Beispiel, ich habe immer seine Sprache gemocht und die Tatsache, dass einfache Menschen bei ihm die Hauptrolle spielten. Da handelten nicht Kunstfiguren mit Kunstgefühlen in Kunstwelten, wie heute in manchen Fernsehkrimis, in denen die Kommissare in Design-Apartments leben, die sich in Wahrheit nicht mal Polizeipräsidenten leisten könnten. Sondern da lebten und starben wirkliche Menschen, nicht wahr? Das war das Großartige, und das starb mit Simenon, wenn ich das mal so radikal sagen darf.

Obwohl ich ja ungerne Dinge radikal sage, das Radikale ist meistens falsch. Und natürlich gibt es immer noch Autoren, die sich mit den einfachen Menschen befassen.

Sagen Sie mal, apropos *radikal*: Haben Sie nicht das Gefühl, wir bewegen uns auf eine Welt zu, in der die meisten Menschen nur noch stören?

Hier im Viertel zum Beispiel: die Leute, die den Müll wegbringen, die Post in den Kasten stecken, die Straße fegen, die Essensboten auf ihren rostigen Rennrädern, selbst die Hausmeister, die man doch eigentlich kennen sollte, die man aber eben nicht mehr kennt, weil sie hier nicht mehr wohnen, sondern nur Abgesandte einer großen Hausmeisterfirma sind – alle diese Menschen sind nur noch Fremde, huschende Schatten, sie kommen aus der Ferne und verschwinden wieder dort, sie leben weit außerhalb dieser Gegend, und keiner kennt sie mit Namen, sie hetzen herum, immer unter Druck. Man ärgert sich über sie: Warum haben sie nicht zwei Mal geklingelt wegen des Pakets, warum haben sie so früh geklingelt, warum klingeln sie *immer bei mir* für die Pakete des Nachbarn?

Als ich hier einzog, wohnte der Hausmeister noch im Haus selbst, er war nicht nur Hausmeister, sondern auch Nachbar. Und eine Autoritätsperson! Er war, offen gestanden, ein Unsympath, ein Unsympath mit Schäferhund sogar, ein kleiner *Law-and-Order*-Sympathisant, aber trotzdem …

Wenn man mal eine Lampe anschließen musste, hatte der immer Zeit.

Ich meine: Hier im Haus wohnen durchaus noch andere Unsympathen.

Aber die schließen mir keine Lampe an.

Dann musste er ausziehen. Einige Leute wollten

keinen Hausmeister als Nachbarn, haben sich beim Hausbesitzer beschwert, sie fühlten sich herabgesetzt und heruntergewürdigt. Weil der Hausmeister ihr Nachbar war, das muss man sich mal vorstellen!

So fing das an. Und jetzt? Wer bringt diesen Husche-Gestalten in unseren Fluren und vor den Klingelbrettern noch Respekt entgegen? Wer würdigt ihre Arbeit? Wer fragt, was sie denken? Die hätten ja übrigens gar keine Zeit mehr, auf die Frage, was sie denken, überhaupt noch zu antworten! Die müssen weiter! Die müssen ihr Soll erfüllen.

Ich sage Ihnen Folgendes: Es hat sich bei uns wieder so ein Klassendenken etabliert, ein ganz neues, aber doch sehr altes, das es lange nicht gab. Man betrachtet Boten, Straßenkehrer, Hauswarte von oben herab. Man fühlt sich gerne als was Besseres, so wie in jenen Zeiten, als die feinen Herrschaften erwarteten, dass man ihnen Platz machte auf dem Bürgersteig. So ist das heute wieder.

Rede ich Unsinn?

Ja, vielleicht rede ich Unsinn.

Es gibt andere, es gibt die Freundlichen, die Respektvollen. Sind sogar viele. Aber irgendwie bestimmen die anderen die Atmosphäre.

Es ist auch nur so ein Gefühl, ich bin kein Soziologe, ich kann das nicht analysieren, im wissenschaftlichen Sinn. Ich kann es nur *empfinden*.

Jedenfalls, auch wenn Sie das seltsam finden mögen, auf dieser Nachrufseite hätte ich gerne, dass ein Gesellschaftsbild entsteht, ein Zusammenhang, den wir in unserem Alltag nicht mehr sehen, einfache Menschen, kleine Menschen, große Menschen, mittlere Menschen, Berühmte und Unberühmte, alle tot, alle fertig mit einem Leben unter uns, neben uns, über uns.

Und noch etwas: Ich glaube, es ist wichtig zu verstehen, dass ich auf dieser Seite nicht ewige Wahrheiten über die Menschen verkünde, sondern nur das, was ich über sie weiß und wie ich das interpretiere und einordne.

Drücke ich mich verständlich aus?

Ein anderer würde über denselben Menschen vielleicht etwas ganz anderes schreiben. Schreibe ich überhaupt über den Menschen? Oder nicht eher: über die Vorstellung, die ich von ihm habe? Ist was anderes überhaupt möglich? Führt nicht, so gesehen, jeder Mensch eine literarische Existenz, weil er, für mich zum Beispiel, als eine Mischung von Realität und Fantasie existiert? Und ist am Ende nicht so sehr wichtig, dass ich ihm gerecht geworden bin, *sondern dass ich versucht habe, ihm gerecht zu werden*? Oder mache ich es mir damit auch schon wieder zu einfach?

Vor zwei, drei Jahren, im Winter, kurz vor Weihnachten, fand eine meiner Nachbarinnen auf dem Friedhof hier um die Ecke eine alte Frau, sie lag am Wegesrand, auf dem Rücken, die Arme angelegt.

War tot.

Herzinfarkt, wie sich dann herausstellte.

Herzinfarkt mit sechsundneunzig Jahren.

Es war Winter, die war schon ganz steifgefroren.

Ich habe mich dann aufgemacht, um herauszufinden, wer das war. Ich fand ihre Tochter, auch schon eine ältere Dame, die mit ihrer Familie in einer anderen Stadt lebte (und immer noch lebt), etwa hundert Kilometer von hier. Drei ihrer Kinder, die Enkel der Toten also, wohnen in unserer Stadt, der eine selbst schon Familienvater, die anderen beiden verheiratet und noch ohne Kinder. Regelmäßig besuchten sie die Großmutter, die auch mit fast hundert Jahren noch allein, nur zwei Straßen weiter, in jenem kleinen Haus wohnte, in dem sie ihre Tochter großgezogen hatte.

Ihr Mann hatte sich, das ist nun fünfzig Jahre her, in diesem Haus auf dem Dachboden erhängt, er hatte an schweren Depressionen gelitten – sie hatte ihn gefunden, dort oben. Seit diesem Tag hatte sie allein gelebt und immer großen Wert auf ihre Selbstständigkeit gelegt, darauf, dass sie selbst einkaufen ging, ihr Essen ohne Hilfe zubereitete. Nur eine Putzfrau kam zweimal pro Woche vorbei.

Als sie aber spürte, dass es mit ihr zu Ende ging, hatte sie jeden Enkel zu sich bestellt. Natürlich hatte sie nichts von der Todesahnung erzählt. Sie hatte aber ganz offensichtlich verhindern wollen, dass die Angehörigen ungeplant vorbeikämen und sie am Ende tot fänden; alle hatten ja einen Schlüssel. Sie sollten da gewesen sein und dann so schnell nicht an den nächsten Besuch denken. Der Putzfrau hatte sie abgesagt. Die Tochter war gerade zwei Tage zu Besuch gewesen.

Allen, die ihr wichtig waren, hatte sie das Trauma

ersparen wollen, das sie selbst Jahrzehnte zuvor erlitten hatte, sie also tot zu entdecken, vielleicht erst nach Tagen.

Sie war dann auf den Friedhof gegangen und hatte sich womöglich, da man keine größeren Verletzungen an ihr fand, einfach auf den Boden gelegt und gewartet, nicht lange.

Glauben Sie nicht?

Wahre Geschichte.

Manchmal sind das keine Nachrufe, nicht im Sinne der Würdigung eines ganzen Lebens. Manchmal sind es bloß Ausschnitte aus einem Leben, einzelne Bilder.

Bisweilen kostet es mich Überwindung: bei den Angehörigen zu klingeln, zu fragen, nach einer Geschichte zu suchen wie ein Geier nach Aas. Diese Geschichte dann zu schreiben.

Dann wieder finde ich es richtig.

Warum?

Weil es richtig sein könnte, den Menschen immer wieder von sich selbst zu erzählen.

Es gibt Todesfälle, da entdecke ich, was ich verpasst habe im Leben. Nehmen wir Leonard Cohen, der starb 2016, und natürlich war er mir ein Begriff, aber dann doch auch wieder nicht. Ich habe damals, also nach seinem Todestag, einen ganzen Tag lang Cohen gehört, obwohl ich mir das kaum leisten konnte, rein zeitlich, meine ich, es war ja, wie immer, viel zu tun. Er starb im November und hat irgendwie auch so eine Novemberstimme gehabt, tief und voller Melancholie. Wenn der November ein Geräusch machte, er klänge wie Cohen, oder?

Und ich dachte, Cohen, verdammt!, warum erfasse ich erst jetzt, da er tot ist, was er mir längst hätte bedeuten können?

Kennen Sie zum Beispiel *Anthem*? Diese berühmten Zeilen …?

Ring the bells that still can ring
Forget your perfect offering
There is a crack in everything
That's how the light gets in

Ich würde es so übersetzen:

Läute die Glocken, die noch läuten können
Vergiss deine perfekte Opfergabe
Da ist ein Riss in jedem Ding
So fällt das Licht herein

Wenn ich es recht sehe, ist das immer so verstanden worden: Erst durch das Unperfekte, das Misslungene, das Schadhafte komme das Licht in die Welt. Cohen hat es ja immer abgelehnt, seine eigenen Songs zu interpretieren, aber hier hat er mal eine Ausnahme gemacht, ich habe das nachgelesen: Es gebe keine Entschuldigung dafür, die eigene Verantwortung für sich selbst nicht wahrzunehmen, hat er gesagt, *ring the bells that still can ring*, es gebe sie, diese Glocken, es seien wenige, aber man könne sie finden. Es gebe keine perfekten Lösungen, nirgendwo, schlimmer noch, die Welt sei voller Brüche und Risse. Aber genau dort dringe das Licht ein, und genau dort liege die Möglichkeit zur Umkehr, zur Reue. In der Konfrontation mit der Kaputtheit der Dinge.

Wussten Sie, dass er gebürtiger Kanadier war? Ich dachte immer, der kommt aus den USA. Aber er war aus Montreal.

Er war ein Großer, als ich jung war, und natürlich habe ich ihn gehört, aber in Wirklichkeit habe ich ihn *nicht* gehört. Ich habe den Texten nie wirklich gelauscht oder sie gelesen, ich habe ihm nicht *zu*-gehört, es muss damit zusammenhängen, dass auf eine sehr traurige Weise Musik damals nicht genug Teil meines Lebens war, nein, das ist ja auch Unsinn, ich habe *Steppenwolf* gehört, *Canned Heat*, *Jethro Tull, Santana,* auch *Procol Harum* und viele andere, Bob Dylan, Joan Baez, ja.

Aber Cohen nicht, zu wenig jedenfalls.

So was kommt vor. Man verpasst sich, dazu muss ich Ihnen gleich noch etwas erzählen.

Damals aber, im November, das war ein kompletter *Leonard-Cohen-Tag*, und darüber habe ich dann eben was geschrieben. Wie man sich im Leben verpassen kann, wenn man nicht aufpasst, habe ich geschrieben: Cohen und ich, in dem Fall. Wie man einfach immer aufpassen und zuhören sollte im Leben, schrieb ich, und dass Musik aber etwas ist, das bleibt. Poesie genauso. Kann einem keiner nehmen. Stirbt nie.

Na, das ist banal.

Ich sag's trotzdem.

Und vielleicht hat Cohen damals auch nicht zu mir gepasst, möglicherweise gibt es Menschen, die dir mit sechzehn egal sind, aber mit einundsechzig plötzlich nicht mehr. Ich hatte ja mit sechzehn auch Freunde, die mir heute nichts mehr bedeuten, ich möchte sie auch gar nicht wiedersehen – warum nicht?

Weil ich sie so in Erinnerung haben will, wie sie damals waren, für mich.

»Ich bin bereit zu sterben. Ich hoffe, es ist nicht zu unangenehm. Das ist alles, was ich zu sagen habe.«

Das hat er kurz vor seinem Tod gesagt, im *New Yorker*.

Cohen, meine ich.

Und dann sein letztes Album, darin der Song mit den Zeilen:

You want it darker
We kill the flame

Klingt auch auf Deutsch gut.

Du willst es dunkler
Wir töten die Flamme

Mich beschäftigt ein Erlebnis, das ich vor ein paar Tagen hatte und das mit diesem Cohen-Gefühl, diesem Sichverpassthaben damals, zusammenhängt, bei dem aber eben in diesem Fall nichts bleibt.

Kein Mensch. Keine Musik. Keine Poesie.

Einfach nichts.

Ich stand in der Schlange vor einem Kino, freitags nach der Arbeit, meine Frau war verreist, ich wollte nach der Arbeit einen Film sehen, keine Ahnung, welcher das war, es war schon wenige Minuten später auch ganz egal.

Die Türen waren noch geschlossen, ich blätterte in einem Kinoprogramm, da stand plötzlich eine junge Frau vor mir.

Herr Wemut?

Ja?

Entschuldigen Sie, ich will Sie nicht stören, es ist nur so, dass wir einen gemeinsamen Freund hatten, und da dachte ich …

Wen meinen Sie?

Ben. Ben Chapning.

Ben war Musiker, Jazzer, er machte Percussion. Ich war vor dreißig Jahren zufällig mal in einem Konzert mit ihm gelandet, eine kleine Sache in einer Bar, es waren nicht viele Leute da gewesen, obwohl es eine tolle Band war. Aber so ist das ja oft beim Jazz, selbst bei den Besten hören da manchmal nur zehn Leute zu. Irgendwie waren wir hinterher ins Gespräch gekommen, hatten uns verabredet und dann immer mal wiedergesehen, ein sehr freundschaftliches Verhältnis.

Aber warum *hatten* wir ihn als gemeinsamen Freund?, fragte ich. Was ist mit ihm?

Aber … Wissen Sie denn nicht …?

Was!? Was meinen Sie?! Was müsste ich wissen?

Es tut mir leid. Ich dachte … Dass er … dass er tot ist? Das wüssten Sie, dachte ich.

Ich weiß nichts! Wir haben uns zuletzt vor zwei Jahren gesehen. Was ist denn geschehen?

Entschuldigen Sie, ich wollte nicht … Ich habe gemeint … Ich wollte Sie doch nicht hier vor dem Kino mit einer solchen Nachricht … Ich dachte, Sie hätten es gewusst. Er ist schon vor einem halben Jahr gestorben.

Gestorben?! Vor einem halben Jahr …?

Ja, zusammen mit … Sie wissen doch, dass …

Ja. Nein.

Ben hatte zuletzt mit seiner Lebensgefährtin – Waltraud hieß sie und war fünfundzwanzig Jahre älter als er – in einer Villa am Stadtrand gewohnt, aber ich hatte ihn lange nicht gesehen und zuletzt vor anderthalb Jahren von ihm gehört.

Was ist denn genau geschehen?, fragte ich.

Aber ich dachte gleichzeitig: Das geht doch nicht, wir können nicht hier, inmitten all der Leute, über den Tod eines Freundes reden.

Die Schlange, in der ich wartete, geriet in Bewegung und zog mich mit. Ich hätte sie natürlich verlassen können, zur Seite treten, um das Gespräch fortzusetzen, aber ich war so verstört, dass mir der Gedanke daran nicht kam. Die junge Frau tat, als hätte sie die Frage nicht mehr gehört, obwohl sie sie sicher gehört hatte. Sie war genauso durcheinander, entschuldigte sich Mal um Mal. Stotterte.

Ich wusste das nicht, ich wollte nicht … In einer solchen Situation.

Es macht nichts, denken Sie nicht darüber nach. Auf Wiedersehen!

Auf Wiedersehen!

Sie verschwand in der Menge und ich im Kino.

Von dem Film bekam ich nicht viel mit. Kaum hatte ich mich gesetzt, schrieb ich eine Mitteilung an einen gemeinsamen Bekannten, der Ben näher gewesen war. Er antwortete sofort: dass sich die beiden gemeinsam umgebracht hätten, sie hätten das schon lange geplant gehabt und auch den Verwandten und Freunden mitgeteilt, den wenigen Freunden, die es noch gab. Auch er habe es aber nicht gewusst, sondern durch eine Todesanzeige erfahren. Ob ich die nicht bekommen hätte?! Seltsam. Ben habe so oft von mir gesprochen und immer gut.

War er krank?, schrieb ich zurück.

Nein, nur Waltraud habe unter vielen unlösbaren, auch altersbedingten gesundheitlichen Problemen gelitten, sie habe kaum noch gehen und sehen können. Sie sei schon fünfundneunzig gewesen. Und Ben siebzig, aber das wisse ich ja.

Er berichtete Details, aber sie tun hier nichts zur Sache.

Ben war Engländer. Er war der einzige Engländer, den ich kannte, der praktisch akzentfrei Deutsch sprach, und das auch noch, von Grammatik und Vokabular her, besser als viele Deutsche. Selbst bayerische Dialektwörter, die wir ihm aus Spaß vorlegten, machten ihm keine Mühe, ein Phänomen. Geboren und aufgewachsen war er in Südostasien, sein Vater war britischer Kolonialbeamter. Er erzählte oft von seinen glücklichen Kinderjahren in Singapur, wo die Familie in einem großen Haushalt lebte, umgeben von einer Schar von Angestellten, sanfte, singende, freundliche Menschen. Es war ein unfassbarer Schock für den Jungen, als er von hier in ein Internat in England geschickt wurde, ein kaltes, finsteres, feuchtes, fremdes Land in seiner Erinnerung, in dem kriegsverletzte ehemalige Unteroffiziere die Kinder mit kalten Duschen und Stockschlägen traktierten. Es war unerträglich für ihn, so unerträglich, dass die Familie ihn für eine Weile nach Ghana holte, wo der Vater inzwischen arbeitete und wo Ben noch einmal eine wunderbare Zeit hatte, von der er viel erzählte, von den langen Fußwegen durch Dschungel und Savanne zur Schule, von der Heiterkeit seiner Schulkameraden. Sein Examen machte er dann wieder in England, dem Land, das er inzwischen hasste und in dem er später nie wieder lebte. Als er siebzehn war, kam er in unsere Stadt, in jenen Vorort, in dem er nun auch gestorben war. Eine befreundete Familie nahm ihn auf, und bald begann, was den Rest seines Lebens prägte: Er verliebte sich in seine Pflegemutter, Waltraud eben, und sie sich in ihn. Dieses Verhältnis dauerte bis zum Ende, es zerstörte die Gastfamilie nicht, Ben lebte zuletzt in einem kleinen Gartenhaus im weitläufigen Park der Villa.

Er war, schon als wir uns kennenlernten, weit herumgekommen, ein international gefragter Jazzer, ein gebildeter, belesener Mann, der eine Menge zu erzählen hatte, und gleichzeitig ein Abenteurer: Einmal war er irgendwo in Südamerika ein Jahr lang bei irgendwelchen Naturvölkern in komplett abgelegenen Dschungelbezirken gewesen, auf der Suche nach Anregungen für seine Musik. Das hatte ihn beinahe das Leben gekostet, weil er sich mit einer gerade implantierten neuen Herzklappe auf eine solche Urwaldtour gemacht hatte. Diese Klappe infizierte sich dort mit irgendwelchen Bakterien, er schaffte es mit knapper Not noch in ein Krankenhaus und dann zurück nach Europa. Lange hatte er als sehr junger Musiker in New York und dann auch in Japan gelebt, bisweilen kam er bei uns vorbei, hatte frischen Thunfisch gekauft und machte Sashimi, es waren wunderbare Abende. Er brachte etwas Besonderes in unser Leben, ich mochte ihn sehr.

Aber seit Waltraud krank war und er sich auf ihre Pflege konzentrierte, hatte sich etwas verändert. Man hörte seltener von ihm. Als ich mit ihm, wie wir das oft getan hatten, wieder einmal mittags in unserem Stammlokal essen wollte, schrieb er kurz vorher per Mail, er könne das Haus nicht mehr verlassen, Waltraud vertrage das Alleinsein nicht. Wenige Wochen später kam eine weitere Mail: Er werde in Zukunft auf Korrespondenz mit elektronischer Post verzichten, ohne Begründung. Anrufen mochte ich ihn nicht, er hatte kein Handy, und seine Gefährtin kannte ich kaum, ich fürchtete, sie am Telefon zu haben, warum, das kann ich nicht erklären. Als ich sie einmal kennenlernte, war sie sehr freundlich gewesen.

Einmal meldete ich mich doch, da war Ben dran.

Er habe gerade Besuch, es sei im Moment schlecht. Er rief nicht zurück. Und ich versuchte es nicht wieder.

So wäre jedenfalls die Beziehung von Ben und mir eingeschlafen, hätte es da nicht einige Briefe gegeben, die er mir schrieb. Ich legte sie auf die Seite und beantwortete sie nur selten, das Briefeschreiben ist mir zu mühsam geworden, was soll man machen? Ich hatte in dieser Zeit besonders viel zu arbeiten gehabt, warum auch immer. Ich würde ihm bald antworten, morgen, dachte ich, spätestens übermorgen.

Aber ich tat es nie.

Es war mir auf die Nerven gegangen, dass es so schwierig war, sich mit ihm zu treffen. Einmal hatte ich ihn draußen besucht, wir hatten im Garten zusammen Kaffee getrunken, aber es war ein befremdliches, zähes Gespräch gewesen, anders als sonst; eine, trotz herrlichen Wetters, düstere Atmosphäre. Er hatte sich verändert, physisch auch, war sehr dick geworden, auf eine pralle Art, obwohl er früher ein guter Schwimmer und auch immer wieder auf langen Bergwanderungen unterwegs gewesen war. Irgendwo dahinten im Haus musste Waltraud gewesen sein, aber sie erschien nicht, und wir sparten sie in unseren Gesprächen aus.

Als ich nun aus dem Kino nach Hause kam, kramte ich die Briefe hervor. Es waren lange, wohlformulierte Texte, in denen er von seinem Alltag schrieb, einmal war sogar ein Foto dabei: er in einer *Ape*, das ist eines dieser motorisierten italienischen Dreiräder mit Ladefläche hinten, die war voll mit Einkäufen. So knattere er zum Supermarkt, schrieb er, fröhlich eigentlich. Dann wieder schilderte er, wie er Waltraud Samstag am Abend oft die Texte von *Die Toten der Woche* vorlese, ein geradezu meditatives Erlebnis, weil sie doch wüssten, dass sie beide bald auch zu denen gehören würden, derer man vielleicht gedenke.

Sie? Sie!

Beide? Beide!

Wie hatte ich das überlesen können?

Ein anderes Mal schrieb er, er habe einen langen Text über sein Leben geschrieben, in dem einige Dinge stünden, die ich gewiss nicht von ihm wüsste. Vielleicht werde er mir das einmal schicken.

Wir würden uns nun so lange kennen, schrieb er, »aber kennen wir uns wirklich«?

Er hatte mir schon zwei- oder dreimal solche Texte

gegeben, in denen es um seine Zeit im Internat ging, den Schock seines Lebens, den er dort erlitt, die Härte des Lebens nach den süßen Zeiten in Asien. Ben schrieb gut, aber nichts davon hatte er je veröffentlicht.

Dieser Text kam nie. Ich fragte auch nie danach.

Ich dachte, er sei verstimmt gewesen, weil ich ihm nicht mehr geantwortet hatte, mehr als verstimmt sogar. Einige Male schon hatte es Missverständnisse gegeben, ich hatte ihn, als ich ein großes Fest zu meinem Geburtstag machte, nicht eingeladen. Tatsächlich hatte ich ihn einfach vergessen, also bei den Einladungen jetzt.

Ich schrieb ihm einen langen Brief. Entschuldigte mich. Versuchte zu erklären.

Er gab keine Antwort.

Er hatte recht. Wir kannten uns nicht wirklich, das zeigte sich ja nun. Selbst nach heiteren Abenden hatte ich oft das Gefühl gehabt, er habe in sich etwas vergraben, von dem er selbst kaum wüsste.

Aber hätten wir uns besser kennen können? Was hatte ich versäumt?

Wie war das möglich gewesen? Wie hatte ich so unachtsam sein können? Warum?

Sehen Sie, das habe ich gemeint: Man kann sich im Leben verpassen. Es war wie mit Cohen, nur doch wieder ganz anders, natürlich, schlimm, weil ich etwas versäumt hatte, weil ich nicht aufmerksam gewesen war für einen, der mir doch wichtig war, weil ich etwas nicht getan hatte, *was ich hätte tun müssen.* So war mein Gefühl.

Gelungenes Leben. Vielleicht habe ich auch wegen dieser Geschichte mit Ben zugesagt, was diese Rede angeht. Einfach, weil ich das Empfinden habe, ich sollte mich um ein paar größere Fragen nicht immer herumdrücken? Wenn man mal angefangen hat, sich mit dem Begriff zu befassen, wenn es mal nicht um das Leben eines gerade Gestorbenen geht und ja auch nicht um die achtzigjährige Jubilarin selbst, bei deren Fest ich reden soll, also nicht um das konkrete Dasein eines anderen, sondern um die ganz allgemeine Frage, was das ist, *ein gelungenes Leben* – dann muss ich, in diesem Fall, mein angestammtes Terrain verlassen. Und komischerweise bedeutet das, sich selbst ein wenig näher zu rücken, dem eigenen Leben, nicht wahr? Es sei denn, man will bei irgendwelchen allgemeinen Betrachtungen verharren. Und wer will das schon?

Ich frage mich gerade, ob zum gelungenen Leben die Bereitschaft gehört, jederzeit zu sterben. Also: Wenn du das Gefühl hast, du könntest jetzt auf die Seite sinken und aushauchen, und es wäre nicht so schlimm – ist dein Leben dann gelungen?

Oder gerade nicht, weil man einem Scheißdasein lieber *Adieu* sagt als einem guten?

Oder doch?

Aber wann ist das?

Wie viel muss ich noch tun, damit mein Leben gelungen ist? Oder sollte es jederzeit, an jedem Tag gelungen sein?

Einige der antiken Philosophen – und nicht nur sie – empfehlen, sich mit dem Tod nicht allzu sehr zu beschäftigen, Epikur zum Beispiel hat gesagt, der Tod gehe uns nichts an, solange wir da seien, sei er nicht da, und wenn er da sei, wir nicht mehr. Das ist natürlich unbestreitbar. Hier, im Magazin der *Süddeutschen Zeitung*, in einem Gespräch mit Alexander Kluge, sagt der, also Kluge jetzt: »Warum soll ich mir den Augenblick zermürben, indem ich mich mit dem Tode befasse? Es ist gewiss, dass er kommt. Mehr muss ich nicht wissen.«

Zermürben, das ist schön gesagt, in der Kombination mit *Augenblick*, nicht wahr? Man stellt sich die Zermürbung eines Augenblicks sofort bildlich vor, und überhaupt: *Mürbe Momente*, das wäre ein schöner Buchtitel, oder?

Wie wäre es übrigens, wenn wir alle gleich alt würden, alle Menschen, meine ich? Sagen wir: achtzig. Oder hundert?

Meinetwegen auch hunderteins.

Am Tag deiner Geburt stünde dein Todesdatum fest, so. Auch schwere Krankheiten, die gewöhnlich zum Tode führen, wären abgeschafft, ebenso die schlimmen Unfälle. Natürlich hätten wir noch die kleinen Malaisen des Körpers, Schnupfen, Husten, Heiserkeit, auch gebrochene Beine und dergleichen.

Aber zum Tod führte nur – der Tod, nach dem für jeden exakt gleich bemessenen Zeitraum.

Das wäre für alle gleich.

Was würde das ändern?

Jedenfalls wäre die ganze Ungewissheit weg und die Angst, die mit dem Tod verbunden ist, all dies: Vielleicht fällt mir morgen ein Stein auf den Kopf, und das wird es dann gewesen sein. Oder einem der Kinder passiert etwas, und auch mein Leben wäre dann in vielerlei Hinsicht zu Ende, oder es wäre jedenfalls nicht mehr das Leben, das ich führen möchte. Und weil wir ja wissen, wann der Tod auf uns zukommt, könnten wir unser Leben besser planen, in der Woche vor dem Ende noch mal ordentlich auf den Putz hauen, damit den Erben nicht zu viel bleibt, solche Dinge, nicht wahr? Oder sich mit den Menschen, die einem etwas bedeuten, zusammenfinden und in den Tod hineinfeiern, reden, sich besinnen.

Vielleicht würden wir auch nicht mehr ganz so gesund zu leben versuchen, wie viele von uns es tun, weil es ja nicht mehr von solcher Bedeutung wäre?

Aber meine Frage ist: Würde es wirklich etwas ändern, substanziell, meine ich? Wäre unser Leben ein anderes?

Natürlich nicht.

Oder doch?

Jedenfalls: meines schon. Ich wäre nicht mehr von Todesfällen überrascht, müsste nicht am Abend vor dem Erscheinen meiner Seite noch rasch einen Nachruf auf einen prominenten Spontanverblichenen aus dem Boden stampfen, mein Arbeitsleben wäre übersichtlicher, besser planbar.

Kein Zufall, dass ausgerechnet ich diese Vorstellung habe, nicht wahr?

Aber sonst?

Wir würden uns ja dran gewöhnen. Oder es eben gar nicht anders kennen. So wie der Mensch sich an alles gewöhnt oder es irgendwann nicht mehr anders kennt. Wenn er eine Weile lang mehr hat als früher, will er noch mehr. Hat er dann *noch* mehr, will er *noch noch* mehr.

Wir würden hadern damit, dass es so ist, wie es ist. (Weil wir *immer* damit hadern, dass es ist, wie es ist.) Dass wir nicht länger leben können. Dass wir so lange leben müssen. Wir würden schimpfen, dass der Gesundlebende nicht für seine Mühen belohnt würde mit einem längeren Dasein. Wir würden Gedankenspiele darüber anstellen, wie das Leben wäre, wenn nicht alle genau gleich alt würden.

Vielleicht wären wir demütiger? Einige von uns jedenfalls? Es gibt ja Leute, die glauben, sie könnten die Unsterblichkeit erreichen, sich in ewig lebende Maschinen verwandeln, einige von diesen Leuten im *Silicon Valley* denken das, sie halten sich irgendwie für unersetzlich, und wahrscheinlich haben sie einfach niemanden mehr, der ihnen sagt: *Sie sind es nicht.* Deren Bestrebungen wären aber aussichtslos, weil – im Falle dieses Gedankenspiels – nie jemand auch nur eine Minute länger gelebt hätte, als es uns allen beschieden wäre.

Ich weiß auch nicht, ist es nicht müßig, solche Gedankenspiele überhaupt anzustellen?

Natürlich ist es müßig.

Aber müßig ist nicht gleich schlecht. Klingt aber heute so in unserem Sprachgebrauch, ist das nicht irre?

Ich sage Ihnen jetzt mal Folgendes: Nur der Müßiggang könnte unsere Rettung sein. Ich meine nicht die grundsätzliche Faulheit, ich bin ein fleißiger Mensch, das wissen Sie. Aber wie es aussieht, ist es doch so: Man will uns das Einfachnurdasitzen, das Vorsichhinglotzen, das Ausdemfensterschauen, das Händehinterdemkopfverschränken, das Gedankenspielen und Sichzurücklehnen, das alles will man uns abgewöhnen …

Moment jetzt!

Wer ist »man«?

Ich sage mal so: Am *Herumsitzen* ist für niemanden Geld zu verdienen, außer für die Fabrikanten von Sofas, Sitzkissen und für die Stuhlindustrie. Und deshalb wird uns eingeredet, dass Leben ein *Machen* ist, weil man zum *Machen* Geräte braucht, und diese Geräte werden hergestellt und verkauft, und es wird Geld damit verdient, das ist ein Kreis ohne Ende, und wenn einer in diesem Kreis aufhört zu *machen* und nur noch *herumsitzt*, dann wird der Kreis unterbrochen, wie ein Stromkreis unterbrochen wird, es fließt dann nichts mehr, und das muss verhindert werden, verstehen Sie? Selbst das Herumsitzen wird in diesem System zu einem *Machen* erklärt, man *macht* zum

Beispiel Yoga oder Meditation, was ja nichts anderes als Herumsitzen ist, aber zum Meditieren braucht man wenigstens ein Kissen, einen Kurs oder einen Leitfaden, das kann man schon wieder verkaufen.

Also ist Meditation okay, Herumsitzen nicht.

Das ist »man«. *Man* sind also jene, die uns einreden, dass jede Lebensminute irgendeinem Ziel gelten muss, dem Fitsein, dem Glücklichsein, der umfassenden Verzweckung. Jeder Augenblick muss irgendeinen Sinn haben, in jedem Moment muss man etwas tun.

Schlagen Sie eine beliebige Zeitung auf, klicken Sie irgendeine Internetseite an, es wird nicht lange dauern, und Sie sehen einen Artikel, ein Interview, einen Aufsatz: *Wie werde ich glücklich? Was muss ich tun, um glücklich zu sein?*

Hier, gestern erst, ich habe den Zeitungstext aufgehoben, ich bin ja nicht nur ein geradezu manischer Leser, sondern auch ein zwanghafter Aufheber von Texten, Sie sehen, wie es hier aussieht, überall diese Stapel, aber ich kann nichts wegschmeißen, was mich mal beim Lesen interessiert hat. Das hat wohl mit meiner beruflichen Geschichte zu tun, von der muss ich Ihnen gleich noch erzählen.

Jedenfalls, schauen Sie, ein Gespräch mit einem Psychologen und Bestsellerautor, da, sehen Sie! Was sagt der Mann?

Er sagt: »Ich sage mir jeden Morgen: ›Willkommen, Tag, ich erwähle dich mit allem, was du mir bringst. Ich will mich am Leben entwickeln, die Situation ist mein Coach.‹«

Meinetwegen.

Aber *jeden Morgen*? Kann man denn nicht mal eines unerwählten Morgens einfach so da sein? Ohne Erwählung? Ohne sich am Leben zu entwickeln?

Die Leute betreiben Glücklichsein wie Weitsprung oder Kugelstoßen. Wenn sie nicht jeden Tag drei Mal glücklich gewesen sind, verzweifeln sie, wahrscheinlich gibt es jetzt auch Armbänder, die neben der täglichen Schrittzahl die Glücksmomente pro Tag anzeigen, und überhaupt ist ja das ganze Leben heute so eine Art Hitliste geworden, Sie müssen diese touristischen Seiten im Internet anschauen, *booking.com, tripadvisor.de,* die Kommentare da, zu den Hotels und Restaurants. Die Menschen dulden keine Zufälle mehr, kein Scheitern, sie wollen immerzu alles im Griff haben, kennen keine wirkliche Neugier und nicht die Überraschungen, aus denen doch das Reisen bestehen könnte, vielleicht sogar bestehen sollte, nein, da ist nur Effektivitätsdenken, Kontrolle und Meinung, Meinung, Meinung …

Dagegen eben könnte unsere schärfste Waffe der Müßiggang sein, der knallharte Widerstand durch Herumliegen, Dösen und das Betrachten von Hauswänden, Baumrindenstrukturen, Wolkenformationen, Schwalbensturzflügen, Fingernagelrillen und Blütenblättern. Das willenlose Betrachten der Dinge. Das Hinnehmen der Ereignisse.

Jetzt warten Sie mal, noch was zum *Glück*: Gestern habe ich mir auf einem Zettel ein Gedicht von Lenau notiert, wo ist er denn, der Zettel, meine ich …?

Nikolaus Lenau, so ein österreichischer Schwermutsdichter im 19. Jahrhundert, der Vater war spielsüchtig, und als die Mutter starb, versank er, Nikolaus, erst mal ein paar Jahre in Depression, also, das war ein hoch qualifizierter österreichischer Weltschmerzensmann …

Wo ist denn der Zettel bloß? Hier, ich hatte ihn als Lesezeichen benutzt.

O Menschenherz, was ist dein Glück?
Ein rätselhaft geborner
Und, kaum gegrüßt, verlorner,
Unwiederholter Augenblick!

Berühmte, oft zitierte Zeilen.

Und, ja, bitte: *rätselhaft geborner*!

Das ist der Punkt.

Es gab mal einen deutschen Verteidigungsminister, Volker Rühe hieß er, der soll auf die Frage, was für ihn Glück sei, geantwortet haben: »Ein Truppenübungsplatz im Morgengrauen.« Keine Ahnung, ob er das wirklich gesagt hat, müsste ich jetzt erst noch überprüfen.

Aber schön ist es schon, oder?

Ist nämlich genau das Gleiche wie bei Lenau eigentlich. Hätte man nicht damit gerechnet, mit dem Glück, hier. Kam total überraschend. Rätselhaft geborn, im Morgengrauen, hinter einer Panzerkanone im Frühnebel.

Wumms.

Auf dem Truppenübungsplatz.

Glück.

Ein Truppenglücksplatz.

Gerade eben bin ich übrigens in der Küche gewesen, um den Wasserkocher mit Wasser zu füllen und mir eine Tasse Tee zu machen, und da stand ich vor dem offenen Wasserhahn, das Wasser lief in den Kocher – und ich war für Sekunden mindestens sehr zufrieden, nein, eigentlich tatsächlich: glücklich. Dass ich in einem Land lebe, in dem sauberes Wasser fließt, in dem ich mir jederzeit einen Tee zubereiten kann! Meine Arbeit macht mir Freude, ich liebe meine Frau und meine Kinder, sie lieben mich, ja, es liebt mich sogar mein Friseur, Agim heißt er und stammt aus dem Kosovo. Er ist aber schon sehr, sehr lange hier und schneidet mir seit fünfunddreißig Jahren die Haare.

Wenn ich bei ihm anrufe, also wegen eines Termins jetzt, ruft er: »Mein Lieber, wo bist du? Ich vermisse dich so!«

Das hört man sonst nur von Frau und Kindern.

Und auch da eher selten.

Glück kann einen also plötzlich überfallen, nicht wahr? Freud hat mal geschrieben, ich glaube, in *Das*

Unbehagen in der Kultur war das, aber legen Sie mich nicht fest, ich will das jetzt auch nicht extra nachschauen, sonst sitzen wir morgen noch hier – also, das Zitat lautet so ungefähr: Was man im strengsten Sinne Glück nenne, »entspringt der eher plötzlichen Befriedigung hoch aufgestauter Bedürfnisse und ist seiner Natur nach nur als episodisches Phänomen möglich«. Als Grundzustand sei es für den Menschen nicht vorgesehen.

Episodisches Phänomen.

Kaum gegrüßt, schon verloren, also: *verlorn*.

So sieht's aus.

Halten Sie die Augen offen, wenn das Glück mal an der Ecke winkt, nicht wahr? Nicht dass Sie es verpassen …

Tatsächlich gibt es ja für Ihr Smartphone schon jede Menge Apps, mit denen Sie sozusagen Ihren momentanen Glückszustand durch allerhand Maßnahmen regulieren können – aber hier wird es nun interessant!

Denn das Smartphone, das so als Glücksapparatur dienen soll, ist ja einerseits zur Weltverbindung da, andererseits trennt es uns von ihr, der Welt. Es macht die Menschen süchtig, das ist offensichtlich, und jede Sucht bildet einen Kokon um den Menschen herum, das Leben reduziert sich auf ihn und sein Suchtmittel, sei es nun Heroin, Alkohol oder eben das Phone, es gibt für den Süchtigen nur noch: das Mittel und ich. Und das zieht zwischen ihm und der Welt eine Trennscheibe ein, nicht wahr? Sie sehen das an den

Leuten, die mit dem Handy in der Hand durch die Welt stolpern, vielleicht noch Hörer auf dem Kopf, solchermaßen isoliert wandeln sie durch unsere Straßen, sitzen an Esstischen, hocken in der Trambahn.

Die Menschen machen sich eine Zugehörigkeit vor, sie sind in Kontakt mit der Welt – aber was ist die Welt? Sie ist nur noch das, was unter der glatten, von jedem Widerstand befreiten Oberfläche des Smartphones steckt, auf dem sie herumwischen. Die Welt ist, was beliebige Gefühle in ihnen erzeugt, ein Lächeln, ein Lachen, eine Wut, aber sie haben das unter Kontrolle, nicht wahr?

Wisch und weg.

Nein!!!

Sie haben es *nicht* unter Kontrolle, selbstverständlich nicht, jedoch: *Sie haben das Gefühl, es unter Kontrolle zu haben.* Aber das ist nicht wahr. In Wahrheit befinden sie sich unter Kontrolle derer, die ihnen diese Geräte verkaufen, die sie betreiben, sie mit Inhalt füllen, sie süchtig gemacht haben nach den hier verfügbaren Gefühlen.

Eine Gerätesklaverei, sagen wir es ehrlich.

Was sagt uns die Tatsache, dass überall vom Glück und der Suche nach dem Glück und der Herstellung von Glück die Rede ist? Was bedeutet das wirklich?

Ich werde es Ihnen sagen.

Es hat nur eine einzige Bedeutung.

Die Menschen sind unglücklich. Sonst würden sie ja nicht so nach dem Glück suchen.

Wobei … Das ist auch Quatsch, oder?

Wenn das Glück ein episodisches Phänomen ist, eine Sache des Moments – müsste dann nicht auch sein Gegenteil, das Unglück, eine Augenblicksangelegenheit sein? Ist Unglück ein Dauerzustand? Oder im Grunde dann doch auch nur ein Aufblitzen im Leben?

Und der Rest des Lebens ist so ein Dahinleben, mal so, mal so, auf und ab, hin und her?

Kennen Sie diese kleine Fernsehserie? *Der Tatortreiniger?*

Ich liebe sie.

Eine Zeit lang habe ich täglich zwei Folgen davon gesehen, das ging natürlich nicht ewig so, es gibt ja insgesamt nur einunddreißig.

Die Hauptfigur ist ein Mann, der nach Morden, Totschlägen, Unglücksfällen und dergleichen die Tatorte putzt. Das will sonst keiner machen, weil es so wahnsinnig ekelhaft ist. Er sagt, seine Arbeit fange dort an, wo andere sich erbrechen.

Heiko Schotte von der Firma Lausen.

Schotty.

Aber *Schotty* ist komplett ungerührt von all dem Ekel, verzehrt oft sogar sein Frühstück aus der *Tupperware* inmitten von Knochensplittern, Blutseen und Gehirnmasse, für ihn ist das alles nur Material und *Zeug* und nichts Lebendes. Außerdem kannte er den Verstorbenen ja nicht.

Und Schotty ist *eben nicht zynisch*, sondern genau

das Gegenteil, eine Seele von Mensch, hilfsbereit, interessiert, leicht übers Ohr zu hauen, naiv, freundlich, findet *Maserati Quattroporte* geil, freut sich auf ein Fußballspiel am Abend und auf einen *One-Night-Stand*, obwohl er sich auch nach der großen Liebe sehnt, sehr sogar.

Können Sie ja mal anschauen, wenn Sie Zeit haben. Dauert auch nur eine gute halbe Stunde pro Folge, also, Sie können das *streamen*, auf *Netflix*, die Serie an sich ist schon beendet, neue Folgen wird es nicht mehr geben, aber es gibt immerhin einunddreißig, wie gesagt, das reicht für eine Weile, wenn Sie es noch nicht kennen.

Worum ich Sie beneide.

Irgendwo mittendrin, da ist so ein kleiner Dialog, in dem jemand Schotty fragt, ob er sein Leben richtig finde.

Und Schotty sagt: Nö.

Und dann fügt er noch hinzu, so etwa: Aber auch nicht falsch, irgendwo dazwischen. Ganz normal eben.

Ist das nicht eine ganze Menge, wenn man das erreicht hat?

Und hier ist, ganz nebenbei, noch ein weiterer Gedanke, oder sagen wir, eine Frage: Ist es nicht so, dass viele Menschen in einer Situation leben, die sie eine Art Verpflichtung zum Glücklichsein empfinden lässt? Kein Krieg, keine Not, keine Krankheit – und das in einer Welt, in der man täglich von Krieg, Not und Krankheit liest. *Sei glücklich!*, lesen Sie in brennenden Buchstaben an ihren Gehirnwänden, *es gibt doch keinen Grund, nicht glücklich zu sein, du musst glücklich sein!*

Aber sie sind es nicht.

Und natürlich gibt es Gründe dafür. Kein Mensch ist glücklich, bloß weil es keinen Krieg, keine Not und keine Krankheit gibt, da spielen ganz andere Dinge eine Rolle. Nur dass man sich das nicht eingestehen kann.

Vor lauter Pflicht zum Glücklichsein kann man sein wahres Empfinden nicht mehr sehen.

Herrje, ich muss mich an diese Rede machen.

Gelungenes Leben.

Die Hauptfrage ist doch: Wer beurteilt eigentlich, ob ein Leben gelungen ist oder nicht? Wer *bestimmt* das?

Sie? Ich? Der liebe Gott?

Sie denken vielleicht, ich verbringe meine Tage hier im Büro, zwischen den Büchern. Aber so ist es nicht, so kann es gar nicht sein. Ich bin oft draußen, unterwegs in der Stadt. Sie müssen wissen: Ich bin ein schüchterner Mensch. Ich spreche Leute nicht gerne an, es fällt mir schwer. Aber mein Beruf zwingt mich dazu. Ich suche nach Geschichten von Menschen, denen ich etwas nachrufen könnte, wobei: *Nachruf*, das ist doch eigentlich ein seltsames Wort, oder?

Rufe ich wirklich jemandem etwas nach? Ihm hinterher?

Das wäre albern. Es wird ihn nicht erreichen. Vielmehr geht es doch darum, den anderen, den Lebenden etwas zuzurufen: Seht mal, der hier war einer von uns – und jetzt ist er weg. Wird er uns fehlen? Was hat er uns bedeutet? Was hätte er uns bedeuten können? Gibt es einen wie ihn, der noch am Leben ist? Übersehen wir ihn vielleicht? Ist es wirklich richtig, dass wir ihn übersehen?

Aber vielleicht geht es *doch* auch darum: jemandem etwas nachzurufen? Ihm dorthin, wo er jetzt ist, ein paar tröstende Worte hinterherzuschicken: Schau mal, so wichtig warst du für uns, und manches von dem haben wir vielleicht versäumt, dir zu Lebzeiten zu sagen …

Mag sein, dass er es doch mitbekommt, was wissen wir schon?

Neulich ging ich durch einen Park in unserer Stadt. Ich sah einen Mann mittleren Alters auf einer Bank sitzen, er blickte vor sich hin, auf den Boden. Ich ging weiter, aber ich kehrte nach einer Viertelstunde zurück. Er saß immer noch da und blickte immer noch vor sich hin.

Ich setzte mich auch auf die Bank, er reagierte nicht. Dann sagte ich (und ich musste meinen ganzen Mut zusammennehmen dafür): »Wie geht es Ihnen?«

Er schaute weiter auf den Boden, dann war seine Antwort: »Das hat mich lange Zeit meines Lebens niemand gefragt.«

»Dann wird es Zeit«, sagte ich.

»Ehrlich gesagt habe ich mich das in vielen vergangenen Jahren nicht einmal selbst gefragt. Ist das nicht verrückt? Dass man leben kann, ohne sich selbst ein einziges Mal wirklich und ehrlich zu fragen: Wie geht es mir eigentlich?«

»Und jetzt?«

»Ist es besser geworden. Es wird tatsächlich besser.«

»Und?«

»Sie wollen wissen, wie es mir geht?«

»Das war meine Frage.«

Ich schaute auf den kleinen Bach, der neben der Bank durch den Park und zwischen den Rasenflächen floss. Als ich ein kleiner Junge war, hatten wir oft einen solchen Bach in unserem Dorf gestaut, wir hatten mit Holz und Erde einen Damm gebaut, das Wasser bildete einen See vor dem Damm, und dann zogen wir irgendwann ein Holzstöckchen aus dem Damm heraus und noch eines und noch eines – und dann strömte das Wasser plötzlich mit aller Macht dahin.

So ein Moment war das jetzt.

Der Mann redete zögernd, ich fragte, er redete mehr, ich fragte, wenn ich etwas nicht verstand, er redete. Ich weiß, das klingt seltsam, aber ich habe sehr oft diese Erfahrung gemacht: dass Menschen geradezu darauf warten, dass sich jemand für sie interessiert.

Die Geschichte dieses Mannes erzähle ich Ihnen gleich, Moment noch, aber mir fällt gerade Folgendes ein: Wäre es nicht überhaupt das Beste, man würde jetzt sofort auf die Straße gehen und jeden Einzelnen da draußen fragen: Was wäre für dich ein gelungenes Leben? So wie Sokrates auf die *Agora* gegangen ist und die Menschen immer wieder einfach nur gefragt hat: Was ist Gerechtigkeit? Was bedeutet Wahrheit? Was meinst du, wenn du Tapferkeit sagst? Weil: Die Folge wäre ja, dass Menschen über diese Fragen nachdenken, dass sie sich mit der Frage beschäftigen, was ein gelungenes Leben für sie sein könnte – und darauf kommt es doch an, oder? Dass man sein Leben bewusst führt, es prüft, dass man die Zügel in die Hand nimmt und nicht nur so vor sich hin existiert und seine Tage vergeudet. Oder sein Leben anderen überlässt.

Ich meine, wenn ich es recht sehe, war das der Kern der sokratischen Philosophie. Das Denken des Einzelnen zu stärken, ihn zur Reflexion und zum Nachdenken zu bewegen. Und mit anderen ins Gespräch zu bringen, in ein wirkliches GESPRÄCH, nicht bloß in ein Anhören von Besserwissern.

Und ist es nicht das, was wir verändern müssen?

Würde sich nicht eine Menge tun, wenn wir etwas mehr fragend als immer nur antwortend auf andere zugingen? Würde es nicht etwas Entscheidendes bedeuten, wenn wir bedächten, dass unser eigenes Wissen so begrenzt ist wie das Wissen der anderen? Würden wir dann nicht anders miteinander umgehen? Und auch mit uns selbst?

Was ich noch sagen wollte: Ich könnte auch einen Nachruf auf eine Putzfrau schreiben, mache ich auch. Oder wie sagt man heute? Reinigungskraft? Finden Sie das nicht wichtig, den Leuten wenigstens angesichts des Todes einer Mitbürgerin oder eines Mitbürgers ins Gedächtnis zu rufen, mit wem sie da zusammengelebt haben, in einer Stadt? An wem sie vorbeilebten, wen es da noch so gibt oder eben gab?

Außer ihnen selbst?

Ja, ich weiß, habe ich schon mal gefragt.

Ich frag's aber noch mal.

Sie war mit ihrer Mutter aus Ostpreußen geflohen, in jenem langen Treck über Hunderte von Kilometern, an der Hand der Mutter, denn sie selbst war noch ein Mädchen und auch die Mutter noch jung. Der Vater? Tot, gefallen im Krieg, was die Mutter längst wusste, aber das Kind noch nicht, es hoffte, ihn am Ende des Weges zu treffen, irgendwie. Wollen wir uns bitte kurz gemeinsam vorstellen, wie das einen Menschen prägt: dass man als Kind so lange ins Unbekannte gehen muss? Ihren Mann lernte sie kennen, als sie schon fünfunddreißig war, relativ alt für eine junge Frau, zum Heiraten, aber es hatte ja nun mal den Krieg gegeben und die Flucht. Er war Schlosser, und alle sagen, sie seien ein hübsches, lebensfrohes, herzliches Paar gewesen. Ein Sohn, eine Tochter. Sie reinigte Schulen und städtische Büros vom Schmutz der Tage.

Zwanzig Jahre lang war sie dann für ihren Mann da, als er krank wurde und fast blind. Manchmal fuhren sie mit dem Rad durch ihre Siedlung am Stadtrand, sie voran, er hinterher, so weit konnte er gerade noch sehen, wenn er dicht hinter ihr fuhr. So blieb er in Bewegung und hielt seine Krankheit in Schach, wenigstens ein bisschen. Als er starb, hörte man sie manchmal seufzen, aber sie hatte zu viel erlebt, nach dem Krieg, um in Trauer zu versinken. Und nun starb sie selbst. Mit achtundachtzig, nach einem langen Gang durchs Leben.

Finden Sie das sentimental?

Könnte sein, dass es sentimental ist.

Und wenn schon.

Und jetzt frage ich Sie: Ist die Frage nach dem *gelungenen Leben* von irgendeiner Bedeutung für diese alte Frau? Und ist es eine Frage von Belang für einen Arbeiter in einer chinesischen Kohlenmine, für eine cracksüchtige Mutter in Iowa, für einen nigerianischen Handtaschenverkäufer in Mailand, einen Rumänen unter einer Brücke in München, für ein Terroropfer in Neuseeland?

Oder ist es eine Luxusfrage hier, für uns?

Ich weiß es nicht, ganz einfach. Ich weiß es nicht.

Für mich ist es eine Frage, das weiß ich.

Weil ich eben diese Rede halten will.

Gestern habe ich übrigens mal wieder *Jethro Tull* gehört, zum ersten Mal nach Jahrzehnten. *Locomotive Breath*.

In the shuffling madness
Of the locomotive breath
Runs the all-time loser
Headlong to his death

Ich habe das Licht ausgemacht wie mit sechzehn, mich aufs Sofa gelegt und das gehört, die Geschichte vom Mann auf der dahinrasenden Lok: der ewige Verlierer, dem Tod entgegen.

He feels the piston scraping
Steam breaking on his brow
Old Charlie stole the handle
And the train it won't stop going
No way to slow down.

Er fühlt den Kolben hämmern, der Dampf schlägt sich auf seiner Stirn nieder, *Old Charlie* hat den Bedienhebel geklaut, die Bremse vermutlich, der Zug kann nicht mehr halten, später springen übrigens auch noch die Kinder vom Zug, seine Frau hatte er mit dem besten Freund im Bett erwischt, er kriecht den Korridor hinunter, er, *the all-time loser …*

And the all-time winner
Has got him by the balls.

Und dann wieder, immer wieder, der Refrain:

No way to slow down.

Das ist von 1971, und man kann es hören als Song über das Leben an sich, das dahinrast und rast und rast. Aber haben Sie nicht auch das Gefühl, das sei noch mal irgendwie ganz speziell *das Empfinden unserer Zeit*?

Es gab ja auch langsamere, bedächtigere Zeiten.

Lesen Sie bitte Stefan Zweigs *Die Welt von Gestern*, da war für die Menschen lange ein Tag wie der andere, nichts geschah wirklich im Sinne einer grundstürzenden Veränderung. Aber dann, dann, dann veränderte sich alles, und selbst das bis dahin Undenkbare passierte plötzlich.

Und heute? Das stürmende Voran ohne eine Möglichkeit zum Bremsen, dieser Verlust jeder Kontrolle!

Oder ist es doch eher ein Lied über so viele, die nicht mithalten können mit dem immer noch zunehmenden Tempo?

The all-time loser.

Oder ist es beides?

Und wer, nicht zu vergessen, ist *Old Charlie*?

Old Charlie stole the handle.

Darüber haben schon viele *Jethro Tull*-Hörer gerätselt: Gott? Der Teufel? Charles Darwin? Wer hat den Hebel, mit dem man alles noch retten könnte?

Wenn Sie *Old Charlie* mal in Ihre *Google*-Suchmaske eingeben, dann passiert Folgendes: Sie landen relativ bald beim Ticket-System des öffentlichen Nahverkehrs in Boston/USA. Das läuft nämlich unter dem Namen *CharlieCard*, eine kontaktlose Chipkarte, mit der man bezahlen kann.

CharlieCard, warum?

Jetzt Obacht!

Es gab mal den Song einer Band namens *Kingston Trio* in Boston, *The MTA Song* hieß der, er ist von 1949, also lange her. MTA war die *Metropolitan Transit Authority* in Boston, und die erhob in jenen Zeiten eines Tages ein zusätzliches Fahrgeld, das man beim Verlassen der Bahn entrichten musste, *exit fare* hieß es. Man hatte so die Preise erhöht, ohne den eigentlichen Fahrpreis zu erhöhen, verstehen Sie? Man zahlte beim Einsteigen – und beim Aussteigen noch mal. Und dieses Lied handelte von einem Mann, der sein Leben in der U-Bahn verbringen musste, weil er den *Nickel* für das *exit fare* nicht hatte, er kam nicht mehr raus aus der Untergrundbahn.

Schließlich brachte ihm sogar seine Frau täglich das Essen zum Zug.

Wobei man sich fragt, warum sie ihm nicht einfach mal eine kleine Münze zusteckte, zusammen mit den Mahlzeiten, fürs Aussteigen, aber mit diesem Gedanken macht man natürlich alles kaputt. Und wer will schon alles kaputt machen?

Außerdem war sie vielleicht ganz froh, dass er da unten war – und sie oben, ohne ihn …?

Solche Ehen soll es geben.

Na ja, und dieser Mann hieß im Song *Charlie*.

Old Charlie!

But did he ever return?
No he never returned and his fate is still unlearned
(poor old Charlie)
He may ride forever 'neath the streets of Boston
He's the man who never returned.

Der Mann, der nie ins Leben zurückkehrte. Für immer verdammt dazu, im Untergrund herumzufahren, unter den Straßen Bostons, weil ihm das Eintrittsgeld für unsere Welt fehlte. Sodass (wenn man dieses Lied mit dem viel jüngeren Song von *Jethro Tull* kombiniert) der Mann, der den Hebel für die dahinrasende Lok hat, im Untergrund von Boston herumgurkt und dort nicht wegkommt, weil ihm eine Münze fehlt oder weil seine Frau ihn nicht mehr oben haben will, was weiß ich?!

Derjenige, der uns und unsere sinnlos durch die Geschichte bretternde Welt retten könnte, lebt unter der Erde von Boston. Aber niemand weiß mehr davon, weil keiner mehr diese Geschichte kennt und die beiden Songs.

Nur ich.

2009 habe ich dann einen Nachruf auf Bess Lomax Hawes geschrieben, eine Folkmusikerin. Die hatte diesen *MTA-Song* über *Old Charlie* nämlich geschrieben, zusammen mit Jacqueline Steiner, als Teil einer Wahlkampagne für einen Politiker, der sich damals für ein besseres Tarifsystem im Bostoner Nahverkehr einsetzte und Bürgermeister werden wollte. Er hieß *Walter A. O'Brien, jr.* und war für amerikanische Verhältnisse sehr weit links, weshalb er nur ein Prozent der Stimmen bekam.

Ja, ja, ja, ja, ja – das gefällt mir an den *Toten der Woche*: dieses Überraschungsmoment! Die Leser erfahren von Leuten, von denen sie sonst nie was erfahren hätten, *interessanten Leuten*.

O'Brien gab nach seiner Wahlniederlage die Politik auf und wurde Bibliothekar.

Echt jetzt.

Bibliothekar!

Ach so, können Sie ja noch gar nicht wissen, warum das witzig ist.

Muss ich Ihnen noch erzählen.

Jedenfalls: Er starb 1998.

Kurzer Nachruf war mir auch hier ein Vergnügen.

So lernt man die Welt kennen, nicht wahr?

Und das Leben.

Über die Toten lernt man es kennen.

Na ja, was mache ich hier?

Ich sollte an die Arbeit gehen, da drüben an meinen Schreibtisch. Aber ich liege einfach gerne hier in meinem Sessel, wie ein Hund vor seiner Hütte *liege* ich in meinem Sessel, mehr als dass ich in ihm *sitze*. Ist eigentlich meine Lieblingsposition, die Beine hoch, die Gedanken fliegen, also, entschuldigen Sie, das klingt saublöd, *die Gedanken fliegen*, das mutet an wie *Seele baumeln lassen*, sprachlich abstoßend nachgerade. Jedes Apothekerblatt erscheint einmal pro Jahr mit einem Artikel über den gesundheitlichen Nutzen des Seelenbaumelns.

Wenn ich ein Messer in der Tasche hätte, dann ginge es mir auf bei dem Wort *Seelenbaumeln*, ehrlich!

Sagen wir lieber: *Gedanken segeln*, das gefällt mir, man spannt sein kleines Hirnsegel auf, schaut, woher der Wind weht, und dann geht es los. Man lässt sich treiben. Nutzt die Strömungen. Stellt sich nicht gegen sie. Man weiß nicht, wohin man will, eigentlich will man ja nur: unterwegs sein. Man arbeitet nicht zielgerichtet, weil man, genau genommen, gar kein Ziel hat.

Wissen Sie, ich bin kein großer Logiker, das folgerichtige Denken liegt mir nicht, lag mir noch nie, ich war auch nicht gut in Mathematik. Aber sich aufs Sofa legen, *Jethro Tull* hören und dann unversehens bei einem linksgerichteten Bibliothekar in Boston und dem Nahverkehr dort zu landen, das mag ich. Weil: So eine Reiseroute hat vorher noch niemand genommen. Ich bin der Erste.

Natürlich war die Entdeckung der Magellan-Route die größere Leistung.

Aber so ist es auch schön.

Übrigens, weil ich vorhin sagte: *verkraften*.

Wenn es das Wort *kraften* gäbe, dann wäre es eigentlich doch ganz schön, das Wort: Man *kraftet* so lange an einer Sache herum, bis man sie *verkraftet* hat.

Wir können ja mal …

Das Buch hier, sehen Sie, also die ganze Buchreihe? Nebenbei gesagt gehören die zu meinen Lieblingsbüchern, *Grimms Wörterbuch*, Band 1 bis 33.

Wir können also mal schauen, Präfix ver-, was es da noch so gibt …

Das ist übrigens insofern ein großartiges Buch, als es meinem Beruf sehr verwandt ist. Im Grunde ist es voller Nachrufe auf Wörter, die keiner mehr benutzt.

Hier zum Beispiel: *verfumfeien*,

DAS ist mal ein besonderes Wort!

Verfumfeien.

Warten Sie, was steht da? »… in liederlicher Weise machen … zugrunde richten, ein eigentlich nur in den Mundarten heimisches Wort … gebildet aus *bumfei, fidelfumfei, violine, bierfidel* …« aha, es ahmt den Schall der Geige nach, vergleiche *dideldumdei* … aha, aha »… ähnliche Wörter, die ebenfalls dem Schalle der Geige oder des Gesanges nachgebildet sind: *verbombeisen, verpopeizen* in Hessen, *verfomfädeln*, na, das ist preußisch …«

Melde jehorsamst, Herr Jeneral, allet wie befohln verfomfädelt!

Was heißt das überhaupt?

Oha: *schwängern*, na ja.

Und für *verfumfeien* steht hier noch als Zitat aus

Ernst Moritz Arndts *Meine Wanderungen und Wandelungen mit dem Reichsfreiherrn Heinrich Karl Friedrich von Stein* (Mann, *das* waren noch Buchtitel!, fast so lang wie ein *Tweet*, die meisten Leser wären heute schon nach der Lektüre des Titels erschöpft): »Das Prinzchen, ein jüngerer Sohn eines verarmten Hauses, streifte, ein leichtsinniger Junge, in allen Bädern und um alle Spielhöllen der Bäder herum und *verfumfeite* dort ... sein ärmliches bischen Erbtheil.«

Aber ich kenne das Wort eigentlich von Walter Kempowski.

Da gibt es ja immer diese familiären Redewendungen in *Tadellöser & Wolff*, toller Roman, schon der Titel ist ja eine von diesen Wendungen: *Tadellöser & Wolff*. Aber es gibt auch *Ansage mir frisch!* oder *Wohl vom Wahnsinn umjubelt* oder *Klare Sache und damit hopp*, na, Sie werden das nicht mehr kennen, war in meiner Kindheit eine große Sache, viele lasen Kempowski damals, ja, hier, ich hab's: »Dr. Wolff sähe ja immer verboten aus ... Total *verbumfeit*!«

Oder hier:

»Er solle nicht so frech sein, sonst kriege er ein paar hinter die Löffel. Wie sähe er denn überhaupt aus!? Diese Haare! Wie'n Friseurlehrling, völlig *verbumfeit*.«

Mag ich irgendwie. Mochte ich damals.

Zeitungshändler sind, um darauf noch mal zu kommen, jedenfalls in meinem Fall die ersten Menschen, die einem am Morgen begegnen, nach den Familienmitgliedern, meine ich. Noch vor dem Bäcker, in meinem Fall, wie gesagt. Vielleicht prägen sie sich mir deshalb so eindrücklich ein, ich weiß es nicht …

Der Nächste im Laden – nach diesem Überfall, wenn Sie sich erinnern – war ein ungeheuer freundlicher, fleißiger Mann. Schon morgens um halb sechs werkte er an seinen Regalen, schichtete die Lieferungen hinein, und vor sieben am Abend ging er nicht heim. Leszek Kaczmarczyk hieß er, das habe ich mir gemerkt, weil man ja einerseits kaum einen polnischeren Namen haben kann, der Mann aber andererseits kein Wort Polnisch sprach. Bloß war sein Großvater eben Pole gewesen und der Vater auch noch ein bisschen.

Dieser Kaczmarczyk aber nun war Deutscher durch und durch. So läuft's ja immer, die Leute kommen als Polen oder sonst was an, und irgendwann sind sie Deutsche, durch und durch, wie gesagt.

Deutscher ist man immer durch und durch, nicht wahr? Anders sind Deutsche nicht zu haben, Deutsche gibt's nur selten *medium*, die sind immer *durch*.

Er war wohl unglücklich verheiratet, seine Frau Alkoholikerin, wie ich seinen Andeutungen entnahm, und so war hinter seiner Freundlichkeit immer eine große Anspannung zu spüren, das konnte richtig stressig sein, so früh am Morgen, ich bin ja immer einer der Ersten im Zeitungsladen, manchmal ist der mit dem Auspacken noch gar nicht fertig, der Händler, so früh bin ich da. Irgendwie schien der Mann jedenfalls auch die mühsam gebändigte Wut des Vorbesitzers übernommen zu haben, sie steckte wohl in den Poren der Geschäftsmauern. Jedenfalls kommentierte er die Zeitungsschlagzeilen immer – egal, worum es ging – in einer grundsätzlichen Ist-doch-eh-alles-Scheiße-Manier und einem Diese-Vollidioten-Ton.

Aber so einvernehmlich, verstehen Sie? Als ob doch klar wäre, dass wir hier alle der gleichen Meinung seien, Volldeppen alles, vom Bundestrainer bis zur Kanzlerin, vom Siemens-Chef zum Ex-Wimbledon-Gewinner. Und morgens habe ich dann oft auch keine Lust zu widersprechen, wissen Sie. Ich will ins Café und meinen Kaffee, und ich will lesen und dann ins Büro, ich kann da nicht diesen ganzen politischen Scheiß vertragen, schon gar nicht auf diesem Niveau, auf gar keinem Niveau eigentlich vertrage ich es. Und auch nicht auf diesem Erregungslevel.

Manchmal bin ich richtig geflüchtet aus dem Laden, der redete dann noch so hinter mir her, bis auf die Straße.

Kennen Sie, nebenbei gesagt, eigentlich diese Art von Mensch, die plötzlich so einen Sprechdurchfall bekommt, und Sie kommen mit keinem Wort dazwischen, da ist einfach nirgends eine Lücke, in die Sie mit einem *Auf Wiedersehen* oder *Ich müsste dann mal …* hineinstoßen könnten?

Ich habe einen Bekannten, nicht den Zeitungshändler jetzt, nein, ein ganz anderer Typ, der redet, wie ein Bächlein plätschert – das Wasser macht ja auch keine Pause, es fließt dahin –, und so strömt auch sein

Redefluss. Die Wörter verlieren ihre Konturen, eines geht ins andere über, ein bisschen wie im Französischen, das sich ja auch oft anhört wie ein einziges langes Wort, nicht wahr?

Jedenfalls, wenn man schlecht im Französischen ist, hört es sich so an.

Und ich bin schlecht im Französischen.

Ich denke immer: Warum redet der so?

Könnte es sein, dass es für ihn beim Reden nicht um ein Sichmitteilen geht, sondern eher darum: Er will nicht vergessen, dass er noch lebt? Oder ist dieses Reden eine Art Wand, die er zwischen sich und der Welt errichtet, eine undurchdringliche Wand, mit der er zum Beispiel verhindert, *dass man ihn etwas fragt*, dass man zu ihm durchzudringen versucht? Eine Art Schutz vor den anderen? Man hat das ja öfter. Ich kenne Leute, hochgebildete Menschen, aber eben auch Beeindruckungsexperten, die um sich herum feste Mauern von Fremdwörtern, Assoziationsgebilden, überhaupt allen möglichen intellektuellen Gerätschaften aufgebaut haben, Menschen, bei denen die Frage nach dem *gelungenen Leben* einen sofortigen Vortrag über das Thema von der Antike bis heute auslösen würde.

Und am Ende würde man nichts wissen, außer: sehr gebildeter Mensch! Aber wann, wo, an welcher Stelle hätte diese Frage denn *ihn selbst* jemals berührt, würde man denken, wie hätte *er* nur ein einziges Mal all sein Wissen auf sich selbst angewandt, was hat *er selbst* erlebt, was mit all diesen Kenntnissen irgendwie in Verbindung stünde?

Kaczmarczyk.

Sie müssen wissen, *dass ich ihn mochte*!

Wie ich Ihnen überhaupt mal eben dies als so eine Art Menschenbetrachtungsprinzip erläutern möchte: Suchen Sie sich bei einem, der Ihnen begegnet, immer erst einmal etwas, was Ihnen gefällt. Achten Sie nicht so sehr auf das, was Ihnen *nicht* passt, da kommen Sie nur in einen miserablen Modus hinein, nein, schauen Sie hin.

Also: *Was mag ich an dem, an der?*

Wenn das nicht funktioniert, können Sie immer noch auf Gleichgültigkeit oder Kratzbürstigkeit schalten, dafür ist es nie zu spät. Aber probieren Sie es erst mal anders, es wird Ihnen selbst guttun, weil der Mensch, wenn er positiv und guten Willens und freundlich angeschaut wird, oft genauso antwortet.

Um es am Beispiel des Zeitungsmannes zu erklären: Es rührte mich einfach an, dass da einer so allein für sich und hilflos mit den Dingen rang, das ist ja, was mich überhaupt an den Zeitungshändlern packt, irgendwie. Die sitzen da allein in ihren Läden, einer kommt, einer geht, aber irgendwie ist es ein Warten, ein ständiges Warten darauf, dass einer was kauft, dass der Laden läuft, dass es nicht weiter bergab gehen möge, also: Du kannst ja nicht rausgehen und die Leute in den Laden hineinzerren und ihnen deine Ware aufdrängen, das kannst du nicht, als Ladenmann oder Ladenfrau. Du stehst da, und einer kommt rein, und du denkst, lieber Gott, lass ihn doch bitte 'ne *Zeit* kaufen und noch den *Spiegel* und ein *Geo* obendrauf, dass ich ein bisschen Kasse mache!

Und dann nimmt er doch nur einen Lolli.

Oder fragt nach dem Weg.

Du musst warten und deine Sache gut machen und vertrauen, dass sie schon kommen werden, die Kunden. Ist nicht nur bei Zeitungshändlern so. Ich stelle es mir bei allen Ladenleuten in dieser Art vor. Die sind alle Ladenhüter.

Irgendwie war jedenfalls, wenn man mit Kaczmarczyk redete und die Dinge von seiner Warte aus betrachtete, alles draußen vor den Ladentüren *der Wahnsinn*. Das verschlimmerte sich, er machte eine regelrechte Persönlichkeitsveränderung durch, und der Laden wurde mit den Jahren das reinste Wutloch, Wut lief von den Wänden wie Wasser in einer Tropfsteinhöhle.

Außerdem begann auch er zu trinken, wie seine Frau, der Laden öffnete immer später, es roch drinnen schon morgens wie im Wirtshaus *Bei Müller* gegenüber erst abends. Und wo der Vorbesitzer seine Pistole aufbewahrt hatte, lagerte Kaczmarczyk nun ein Fläschchen Wodka, das war sozusagen der letzte Rest Pole in ihm, der Opa noch.

Meine erwähnte Zuneigung zu ihm, Kaczmarczyk, wurde auf eine harte Probe gestellt, ich sag's offen.

Eines Tages war er dann weg, Kaczmarczyk, »wegen Krankheit geschlossen«, stand auf einem Zettel an der Tür.

Müller, also der Wirt von *Bei Müller* gegenüber,

der immer alles weiß, sagte mir, Kaczmarczyk, der Händler, habe eine kleine Erbschaft gemacht und diese innerhalb einer Woche mit ein paar Frauen und viel Alkohol und anderen Substanzen komplett durchgebracht.

»Was für ein Idiot du doch bist!«, habe er zu ihm gesagt.

»Eh klar«, habe der bloß geantwortet. »Aber schön war's!«

Verbumfeit.

Verfumfeit.

Seine Karriere als Ladenbesitzer war damit auch vorbei, ich glaube, er arbeitet jetzt bei einer Spedition oder so.

Sagen Sie, wer hat das geschrieben? Wie ging das noch?

Wer spricht von Siegen? Überstehn ist alles.

Rilke, nicht wahr?

Ja, natürlich, Rilke, *Requiem für Wolf Graf von Kalckreuth*. Aber wer war das überhaupt: Kalckreuth?

Na, wer kennt schon Kalckreuth?

In meinem Beruf ist das natürlich, wie soll ich sagen, es ist Standard, das Kalckreuthkennen, ich erkläre es Ihnen gleich.

Was aber auch Quatsch ist, *Standard*, weil es ja nur sehr wenige gibt, die meinen Beruf in dieser Form sonst noch ausüben.

Wie soll es da einen *Standard* geben?

Kalckreuth war jedenfalls ein vielversprechender Lyriker, der sich 1906 mit neunzehn im Bett erschossen hat. Das muss übrigens eine wahnsinnige Schweinerei sein, wenn sich einer im Bett erschießt, entschuldigen Sie, wenn ich das so sage, aber das ganze Körperzeug in Laken, Matratze und Kopfkissen! Bloß: Die Leute denken eben nicht an die Nachwelt, wenn sie sich erschießen, kein Selbsttöter denkt daran, sonst würde er sich nämlich nicht umbringen, so verzweifelt sind die Leute, dass ihnen alles andere egal geworden ist. Also Selbsttötung, ich würde sagen: eigentlich vernünftigerweise bitte schön nur in Hygieneräumen, Bad oder Toilette oder so, wo Kacheln sind, das ist dann leichter zu reinigen.

Finden Sie mich zynisch?

Möchte ich nicht sein, aber in meinem Beruf hat man manchmal solche Attacken, das geht nicht anders, glaube ich. Geht vorbei, wenn man es bewusst, wie soll ich sagen?: bekämpft. Ja, Zynismus muss man in jedem Fall bekämpfen. Allerdings: um ihn bekämpfen zu können, muss er schon auch erst mal da sein, also, man darf ihn nicht gleich wegdrücken, wenn er sich zeigt, wenn er sein Haupt aus dem Daseinsschlamm erhebt, nein, er muss sich aufrichten dürfen, der Zynismus – und dann erledigt man ihn kalt lächelnd mit all der Menschenfreundlichkeit, zu der man fähig ist.

Kalckreuth – um auf den wieder zu kommen – hatte Baudelaire übersetzt und wurde damit berühmt, aus *Les Fleurs du Mal* wurden durch ihn *Die Blumen des*

Bösen, woraus dann wiederum Robert Gernhardt sehr viel später *Die Blusen des Böhmen* machte, aber das ist ein anderes Thema. Rilke schrieb das Requiem 1908, da war Kalckreuth längst unter der Erde. Anscheinend hat er den nicht mal gekannt, genau, hier steht's ja im Buch, ich habe das immer griffbereit, ist ja quasi Handwerkszeug.

Sah ich dich wirklich nie? Mir ist das Herz
so schwer von dir wie von zu schwerem Anfang.

Nein, *er hat ihn nie gesehen*, niemals ist er Kalckreuthen ... Aaah, ich liebe diese vollständig aus der Mode gekommene Dativisierung von Eigennamen, wer macht das schon noch? ... Niemals also ist er *Kalckreuthen* lebend begegnet, oder vielleicht sagen wir es mit des Genitivs, Entschuldigung, wie albern, mit dem Genitiv: Nie wurde er *Kalckreuths* persönlich ansichtig.

Also, der Text geht so weiter:

Sah ich dich wirklich nie? Mir ist das Herz
so schwer von dir wie von zu schwerem Anfang,
den man hinausschiebt. Daß ich dich begänne
zu sagen, Toter der du bist; du gerne,
du leidenschaftlich Toter. War das so
erleichternd, wie du meintest, oder war
das Nichtmehrleben doch noch weit vom Totsein?

Ich mag das. Wüsste man, dass einem nach dem Tod ein solches Requiem gewidmet würde, man erschösse sich doch auf der Stelle (wo auch immer). Oder jedenfalls irgendwann. Und lebte dann als Requiem weiter, als Rilke-Vers. Ich meine, was gibt es Schöneres als: ein Leben als Rilke-Zitat!

Du leidenschaftlich Toter.

Einer, der mein guter Freund gewesen war, hat sich mit etwa fünfundzwanzig vor die U-Bahn geworfen. Wie lange ist das her? Mehr als dreißig Jahre, nein, viel mehr, fast vierzig.

Er war das einzige Kind seiner Eltern, wohlhabender Eltern wohlgemerkt, wohlhabend geworden durch eine große Hausverwaltung in Bonn. Eltern waren das, die ihren Sohn – er studierte Geschichte plus Kommunikationswissenschaften und wollte Journalist werden – mit einem Sack voller Erwartungen ins Leben schickten, und der diese Erwartungen zu seinen eigenen machte: Redakteur der *Frankfurter* müsse er werden, sagte er immer, kein Mensch weiß ja übrigens heute mehr, was das mal bedeutete.

Schon damals, also vor vierzig Jahren, gab es neben der *Frankfurter Allgemeinen* noch die *Frankfurter Rundschau* und die *Frankfurter Neue Presse*, aber für ein Hausverwaltungsfirmenbesitzerehepaar in Bonn war die *Frankfurter* immer die *Frankfurter Allgemeine*, und dort Redakteur zu sein war für sie das einzig Akzeptable in der fremden Welt des Journalismus, das einzig überhaupt Hinnehmbare für den Sohn, wenn der schon nicht die Firma übernehmen würde. Ein Redakteursposten bei der *Frankfurter* kam einer Heirat in ein Adelshaus gleich, die seinen Eltern für meinen Freund gleichfalls wünschenswert schien. *Mein Sohn ist Redakteur bei der Frankfurter,* das war ein Satz, der ihre Herzen höher schlagen ließ als üblich, und so hörte ich meinen Freund immer nur von der *Frankfurter* reden, bei der er gewiss eines Tages arbeiten würde, bei der *Frankfurter* in *Frankfurt.*

Nur dass eben bei der *Frankfurter* niemand daran dachte, meinen Freund jemals zu beschäftigen, er war, sagen wir es *frank* und *furter* heraus, nicht der Allerbegabteste, sehr intelligent, schnell im Kopf zwar, auch mit dem Mundwerk, aber kein großer Schreiber, es reichte am Ende bloß für einen Job bei einem Fachblatt für pharmazeutische Nachrichten. Oder war es eins für Zahnärzte? Weiß Gott nichts Ehrenrühriges, aber eben nicht das Erwartete, das den Ansprüchen Entsprechende. Jedenfalls zog er nach Offenbach, unsere Kontakte wurden sporadischer, schliefen schließlich ein. Ich hörte lange Zeit gar nichts mehr von ihm.

Bis dann eine Todesanzeige in meinem Briefkasten lag, abgesandt von seinen Eltern.

Denn als dann auch noch die Beziehung des Freundes zu einer jungen Frau aus sehr gutem Hause scheiterte und also selbst eine Hochzeit in bessere Kreise hinein in weite Ferne rückte, da hatten die Schienen des Lebens meinen Freund direkt unter eine U-Bahn geführt, eine Frankfurter U-Bahn, aber egal, U-Bahn ist in dem Fall U-Bahn.

Warum habe ich ihm damals nie gesagt: Lieber Freund, mach dich frei von diesen Ansprüchen, es gibt ein Leben außerhalb der *Frankfurter*, und es kann schön sein. Finde heraus, was du wirklich kannst und willst. Du hast keinen freien Blick auf das Leben, hätte ich sagen können, du musst da eine Menge Zeug aus dem Weg räumen.

Warum war ich nicht ehrlich zu ihm?

Ich meine: Ich habe immer gewusst, dass es nicht reichen würde für eine große Autoren-Karriere, ich habe ja seine Sachen gelesen, als er im Volontariat war, er hat sie mir gegeben.

Wir hatten uns in der Bibliothek kennengelernt, da saß er oft und las, und ich hatte einen Job als Aufsicht im Lesesaal, dort sind wir zum ersten Mal ins Gespräch gekommen.

Kurios eigentlich, dass *er* es nicht zur Zeitung geschafft hat und *ich* nun für die Zeitung arbeite, ich meine, davon war damals keine Rede, das war in meinem Lebensplan zunächst nicht vorgesehen. Das kam erst später, denn ich habe das Schreiben nicht wirklich gelernt, also als Beruf, meine ich.

Es hat sich mehr so ergeben.

Eigentlich bin ich Bibliothekar, ich hatte das vorhin schon angedeutet, Sie erinnern sich?

Das fing mit diesem Job damals an, im Lesesaal,

dazu gleich mehr, aber erst dieses: Ich habe viel später, als ich in der Stadtbücherei arbeitete, für eine Weile einen Kunden gehabt, einen Bibliotheksleser also, das war ein alter Mann, der jeden Tag kam und eines Tages nicht mehr. Und dann habe ich genau darüber einen kleinen Text geschrieben, Inhalt: wie man als Büchereimann so an bestimmte Leute gewöhnt ist, *einerseits*, dass man aber, *andererseits*, kaum was über sie weiß, sie jedoch, *wiederum andererseits*, über die Bücher kennenlernt. Dass man sich also quasi einen Fantasiemenschen zusammenkonstruiert aus lauter Vermutungen und ausgeliehenen Büchern – und dann ganz durcheinanderkommt, wenn der plötzlich nicht mehr da ist.

Ich hatte ja gedacht, er wäre tot, der Mann.

Und die fanden den Text so gut, dass sie ihn in der Zeitung gedruckt haben, kein Name natürlich im Artikel, keiner für den alten Mann, meine ich.

Es war einfach eine Alltagsgeschichte.

»Das hat was Literarisches«, sagte der Redakteur, was mich natürlich emotional für ein paar Tage auf eine andere Daseinsstufe gehoben hat. Dass ein Redakteur so was sagt! Zu mir, dem Bücherwurm in der Bibliothek, der plötzlich selbst schrieb und dann gleich »was Literarisches«!

So kam ich jedenfalls in Kontakt mit der Redaktion.

Der alte Mann aber erschien nach ein paar Wochen wieder. Jedoch: Zeitung las er wohl nicht, sonst hätte er mich angesprochen auf den Artikel.

Gott sei Dank las er keine Zeitung!

Es wäre mir peinlich gewesen. Dass ich aus ihm einen Text gemacht hatte, ohne es ihm zu sagen.

Er lieh sich zum Beispiel ganz viel über die Geschichte der Eisenbahn aus, ich habe mir alles gemerkt, so hat mich das beeindruckt. Sowieso habe ich ein fotografisches Gedächtnis für Bücher. Carl Camenisch, *Die Rhätische Bahn: mit besonderer Berücksichtigung der Albula-Route* oder eine Sonderausgabe der Zeitschrift *Der Lok-Vogel* mit dem Titel *Farbgebung deutscher Triebfahrzeuge* oder *Die Lokomotive in Kunst, Witz und Karikatur*. Das Letztere war 1922 im Selbstverlag erschienen, aber wir konnten es besorgen, aus der Staatsbibliothek.

Ich dachte, der Mann sei sicher ein hoher Beamter bei der Bahn gewesen, damals war das noch ein Staatsbetrieb – also: weil ich »Beamter« gesagt habe, nicht wahr? Irgendwann habe ich ihn angesprochen, und er hat mir erzählt, das sei alles für seinen Bruder, dessen Hobby die Geschichte des Bahnwesens sei. Von Beruf war dieser Bruder Ingenieur bei einer Autofirma gewesen, und nun war er hinfällig, bettlägerig und konnte nicht mehr aus dem Haus. So kam eben sein Bruder in die Bücherei. Er kümmerte sich um ihn.

Er selbst lese wenig, sagte er. Seine Freizeit verbringe er mit Angeln.

Warum er dann nie ein Buch über Angeln ausleihe, fragte ich.

Er wisse alles übers Angeln, sagte er, da müsse er nichts lesen.

Und wieso er damals wochenlang nicht gekommen sei ... Sei er krank gewesen?

Er nicht, aber sein Bruder: so krank, dass er nicht mal mehr lesen konnte. Aber nun habe er sich wieder erholt, also relativ erholt, relativ zu seinem Gesamtzustand. Und er könne wieder lesen.

Mag also sein, dass ich längere Zeit noch nicht den richtigen Blick für Menschen hatte, das geht ja aus der Geschichte hervor, oder? Aber für Texte schon! Als Bibliothekar sind Sie fanatischer Leser, meistens jedenfalls. Und was meinen Freund anging: Ich habe es *gesehen* und *gelesen* in dem, was er geschrieben hatte und mir zu lesen gab – dass er nicht der Richtige war, um sein Leben als Autor zu bestreiten.

Aber *gesagt* habe ich es nie! Was ich hätte sagen sollen? Freund, du wirst kein Großer, doch auch die Kleinen können glücklich sein?

Feigheit, oder?

Nein, natürlich nicht, *Feigheit*, das ist abwertend, das bringt uns nicht weiter.

Unsicherheit.

Ich hatte es nicht anders gelernt, da war immer die ungeheure Vorsicht meiner Eltern in emotionalen Dingen, da redete man besser nicht drüber, das behielt man für sich, so sehr für sich, dass man es selbst gar nicht wusste. Wer weiß, was man anrichtete mit einem offenen Wort? In welche Konflikte man da geriet.

Meine Eltern hatten den Krieg und die Nazizeit hinter sich, da waren so viele Sachen, an die man, um Himmels willen!, besser nicht rührte, und so wägte man jedes Wort ab, bei uns daheim. Es war ein Leben auf rohen Eiern oder auf sehr dünnem Eis, obwohl alle taten, als stünden sie mit beiden Beinen fest auf der Erde.

Also doch Feigheit?

Sei nicht so streng mit dir!, flüstert eine Stimme in mir. Du warst jung damals, du wusstest viele Dinge einfach nicht, das ist doch klar.

Ich erinnere mich an ein Gespräch mit ihm, also meinem Freund jetzt. Der war Bonner, wie schon gesagt. Rheinländer. Dem lag, wie man so sagt, das Herz auf der Zunge, das war mir damals fremd, ehrlich gesagt, und es ging mir oft auch auf die Nerven. Er sagte zu mir, er möge mich gerne, aber so richtig wisse er eigentlich nicht, wer ich wirklich sei, immer mogelte ich mich um die klaren Statements herum, oft ginge ich den Kontroversen aus dem Weg, immer zuschauend, nie mich exponierend, also im direkten Umgang miteinander.

Sehen Sie, *der* sagte, was los war!

Habe ich mir gemerkt. Warum wohl?

Aber habe ich auch draus gelernt?

So einer liegt dann unter der U-Bahn.

Und so ist das: Die eine wird achtzig und feiert ein

gelungenes Leben, zu Recht, zu Recht, zu Recht. Der andere wirft sich mit fünfundzwanzig auf die Schienen. Zu Recht?

Ich bitte Sie!

Was ist das dann? Ein misslungenes Leben?

Und dazwischen, was ist dazwischen?

Da sind wir, oder?

Misslungenes Leben, das klingt brutal. Aber muss man es nicht so deutlich auch mal sagen: dass ein Leben eben misslingen kann? Aus welchen Gründen, aus welcher Verantwortung auch immer: Es kann schiefgehen, geht es auch oft genug.

Ich komme drauf zurück.

Ich mochte Rilke immer.

Einerseits.

Andererseits ist dieses Requiem schon eine sentimentale Gefühlsschwelgerei, nicht wahr? Man hat das Gefühl, der habe seine Tinte vor dem Dichten mit den eigenen Tränen angerührt.

Du leidenschaftlich Toter.

Ich meine, am Ende liegt da immer einer, auf den Gleisen oder sonst wo, der so unglücklich war, dass er kein Leben mehr führen konnte.

Alles andere ist rührseliges Gequarke, Erträglichmachung für die Hinterbliebenen. Ich weiß, wovon ich rede.

Ich mag Rilke doch nicht.

Nur ein paar Worte, ein paar Worte bloß, so sagen sie immer. Aber ich bin jetzt einundsechzig, ich bin nicht alt, aber *für ein paar Worte* bin ich zu alt. Ich habe keine Lust auf Belanglosigkeiten bei so einer Rede, wie ich sie halten werde, auf ein paar Scherze, bevor es ans Buffet geht. Können andere machen. Außerdem: Was heißt hier *ein paar Worte*?! Diese Leute denken immer, man habe ein paar Worte auch in ein paar Minuten fertig, Fläschchen Rotwein, Inspiration und *kawumm!* – raus mit dem Text.

Aber so ist es ja nicht.

Und es ist ja auch mit dem Schreiben dann nicht vorbei, also: wenn man geschrieben hat. In wie vielen Nächten habe ich wach gelegen und daran gedacht, dass ich in den Nachrufen dieser Woche einen Fehler gemacht haben könnte, einen blöden, auf reine Nachlässigkeit zurückgehenden, nun nicht wiedergutzumachenden Fehler!?

Ich möchte mal wissen, wie das Ärzten geht oder Ingenieuren. Nicht jeder muss ja für seine Fehler sofort und gründlich büßen, wie, sagen wir mal, ein Bombenentschärfer. Manchmal dauert es ein bisschen, bis sich der Fehler herausstellt, und dann …

Und es passiert ja auch, fast nie ist es mir passiert, aber einmal eben doch.

Ich wusste, dass der Professor Oposchonskow, ein wunderbarer alter Archäologe …

Obwohl man mit so vielen Os eigentlich eher Proktologe sein sollte, finden Sie nicht?

Doktor Horst Oposchonskow, Proktologe. Proktoloposchonskow.

Kennen Sie, nebenbei gesagt, die kleine Anekdote, die Harald Schmidt mal erzählt hat? Also, Schmidt sagte, warten Sie, der Artikel muss dahinten irgendwo liegen, es war ein Interview mit der *Zeit*, im Feuilleton der *Zeit* …

Muss man sich auch mal vorstellen, dass so etwas im Feuilleton der *Zeit* zum Thema wird!

Proktologie.

Hier, ich habe es!

Schmidt sagte also, ich zitiere: »Verschwiegenes Topthema in der alternden Gesellschaft: Proktologie. Im Showgeschäft ist der Afterarzt extrem wichtig! Denken Sie daran, dass ein menschlicher After aus 42 Muskeln besteht. Mein Kollege Feuerstein weiß, wo der beste Proktologe praktiziert. Er sagte mir mal: Der ist so gut, der wollte bei *Wetten, dass..?* auftreten, weil er seine Patienten am Arschloch erkennt.«

Also, zurück zu dieser Geschichte, Oposchonskow war Archäologe, das noch mal zur Erinnerung, und ihm konnte man stundenlang zuhören bei seinen lebensnahen Vorträgen über den Alltag in der Antike, ich tat das auch oft, im Museum oder in der Universität, wenn er sprach, und ich wusste also, dass dieser Oposchonskow im Sterben lag. Ich hatte aber einen kurzen Urlaub geplant, zwei Tage nur. Deshalb schrieb ich einen Nachruf und verreiste dann, mit der ausdrücklichen Anweisung, dieser Text dürfe nur ins Blatt, wenn Oposchonskows Tod gewiss sei.

Und was geschah?

Alles stand in der Zeitung, weil ein Schnarchsack, ein Dummbeutel, ein Triefauge von Redakteur nicht zugehört hatte, er stellte den Text ins Blatt, und niemand war da, ihm in den Arm zu fallen, denn ich lag in irgendeinem Wellnesszentrum unter heißen Handtüchern herum.

Oposchonskow aber genas.

Es war fürchterlich, einfach fürchterlich. Seine Frau am Telefon zu haben, ich erspare Ihnen das. Stellen Sie es sich einfach vor!!!

Aber das war doch nicht Ihre Schuld?!, sagen Sie?

Ja, nein, tatsächlich nicht. Nicht direkt jedenfalls. Aber ich habe danach nie wieder etwas im Vorhinein geschrieben. Und Urlaub habe ich, wie gesagt, auch kaum mehr gemacht.

Oposchonskow selbst fand die Sache übrigens sehr lustig, nach der Genesung. Und er hatte gleich eine Geschichte aus der Antike dazu parat. Die habe ich aber vergessen.

Gelungenes Leben.

Was stört mich andererseits an diesen Worten?

Erstens, aber das hatten wir irgendwie schon: dass es heute so banal klingt, nach Lebensberatungs-Seiten in einer bunten Illustrierten, nach den Schwaflern, die von ihren Glücksmomenten erzählen, dieses Glücksgesülze. Nach Oberflächen putzen.

Glück ist ein großes Wort.

Aber unsere Zeit hat es geschafft, das aufs Niveau eines Instagram-Bildes von einem *Aperol Spritz* im Abendlicht zu bringen.

Obwohl, wenn es Menschen nun mal glücklich macht …? Ein *Aperol Spritz* in der Abendsonne.

Ist ’ne friedliche Sache.

Mich stört zweitens und viel mehr, dass es so klingt, als gäbe es da irgendeinen absoluten Maßstab.

Ich habe Ihnen doch vorhin von dem Mann auf der Parkbank erzählt, nicht wahr? Diesem Mann meines Alters, den ich, nach einigem Zögern, angesprochen hatte mit der Frage *Wie geht es Ihnen?* Und der dann, auch nach einigem Zögern, seine Geschichte erzählt hatte.

Und ich wiederum hatte Ihnen diese Geschichte noch nicht erzählt.

Jetzt kommt sie.

Der Mann sagte, er komme gerade von einer Stunde bei seinem Psychotherapeuten. Er gehe dorthin seit einigen Wochen, weil er sein Dasein tatsächlich einfach nicht mehr ertragen habe – und das, obwohl er, von außen betrachtet, eigentlich ein wunderbares Leben habe, er habe Erfolg als Ingenieur in einem Software-Unternehmen, glücklich verheiratet, drei Kinder, schönes Haus. Es gebe sicher viele Menschen, die ihn beneideten – aber es gehe nun seit Jahren so, dass er beinahe jeden Morgen in einem schweißnassen Pyjama auf der Bettkante sitze, dass er in manchen Nächten kaum schlafe, weil Panik ihn schüttele, und wenn man ihn frage, was er als *die Schwierigkeit seines Lebens* betrachte, das Problem, mit dem er ringe, ringe und ringe, dann sei seine Antwort: Das ist eine durchdringende, mit ihrem tiefen Schwarz alles färbende *Angst*. Und die gebe es, obwohl er bisher von den ganz großen Desastern, die das Leben zu bieten habe und die es so vielen anderen Leuten auch biete, dem Tod eines Kindes oder des Partners, dem Krieg, dem Unglück, den schweren Krankheiten, dem Finanzabsturz, obwohl er also von alledem verschont geblieben sei, wenn auch bisweilen nur knapp, sehr knapp.

Nichts von dem sei ja passiert.

Aber die Angst davor sei immer da.

Und deswegen seien auch die Katastrophen immer da, *obwohl sie nie da gewesen seien*, verstehen Sie?

Ja, sagte ich, das verstünde ich gut.

Er habe nie eine Katastrophe erlebt. Trotzdem lebe er ständig in einer Katastrophe.

Und es sei nie eine Angst vor *ein bisschen* von dem, was er sich vorgestellt habe. Es sei immer die Furcht vor dem totalen Versinken, dem Ende von allem sozusagen. Immer beginne die Angst bei einem konkreten Punkt, er fürchte, er habe einen Fehler im Rahmen einer wichtigen technischen Entwicklung gemacht, die für die Firma gerade sehr wichtig sei, eine Kleinigkeit übersehen, oder er habe sein Geld falsch angelegt, oder er habe eine unentdeckte Krankheit, die ihn berufsunfähig machen werde, aber er habe nie eine Berufsunfähigkeitsversicherung abgeschlossen … So dringe die Angst in ihn ein, wie durch ein zunächst kleines Leck in einem Staudamm, das sich dann weite und weite zu einem Riesenloch, bis darauf der ganze Damm eingerissen werde – und dann gehe es, wenn er nachts bisweilen den Pyjama wechseln müsse, weil der von Schweiß triefe, um die Vernichtung seiner Existenz.

Nacht für Nacht.

Und das potenziere sich ja noch, weil er denke, diese Angst, dieser Stress, diese Überbeanspruchung seines Körpers werde ihn bald töten, weit vor der Zeit.

Seltsam, dass er mir das hier erzähle, einem total Fremden, sagte er selbst, aber er sei nun mal gerade in so einer Stimmung, also: Vor einem nicht total Fremden würde er es vermutlich nicht so ausbreiten. Und nun komme er gerade von seinem Therapeuten, der ihm doch sehr helfe, und insofern werde vielleicht manches besser.

Andererseits …

Ihn bewege gerade der Gedanke, wie viel Lebenszeit er schon mit dieser Angst vergeudet habe, wie viele Jahre ihm verloren gegangen seien, wie viel Stress er seinem Körper zugemutet habe, wie sehr er sich selbst gesundheitlich möglicherweise geschadet habe.

Er habe ja zu hohen Blutdruck und nehme dagegen Tabletten, auch andere noch, er sei magenleidend mittlerweile, das habe doch alles miteinander zu tun, vermute er.

Allein wäre er wohl nie zu dieser Therapie gegangen, sagte er, da habe ihn seine Frau mehr oder weniger hingeschleppt, sie schaue sich das nicht mehr mit an, habe sie gesagt, dieses Elend, dieses Geschwitze, unmöglich, *du gehst da jetzt hin*. Sie habe ihm eigentlich überhaupt erst klargemacht, dass das nicht normal sei, inakzeptabel. Er selbst habe sich an diesen Zustand praktisch gewöhnt, es sei für ihn normal gewesen, so sei das eben, habe er gedacht, nicht zu ändern.

Mit dem Therapeuten zusammen habe er sich die Frage gestellt: Woher kommt eigentlich diese Angst vor dem Absturz? Könnte es eine ererbte Angst sein, die Angst der Eltern, also der Generation, die den Krieg gemacht und mitgemacht und erlebt und überlebt hatte, die Angst also, das komplette Leben könnte jederzeit wieder abrutschen, abstürzen, verschwinden in einem Abgrund, es könnte also nicht nur einfach *ein bisschen* anders, *ein bisschen* schwieriger, *ein bisschen* einfacher werden, sondern es taucht in einen Orkus, das Leben?

Ja, so sei es wohl.

Und interessant sei auch: Es sei nicht zuerst die Gefahr da und dann die Angst, als Reaktion darauf, nein, so sei das Gefühl nicht, vielmehr werde ihm immer klarer: Es gebe da *zuerst* die Angst, eine frei in seinem Gemüt flottierende Angst, die sich dann erst ihren Gegenstand suche und immer auch finde – denn irgendwas sei immer vorhanden, vor dem man sich fürchten könnte und müsste. Und dies schnappe sich die Angst dann, da docke sie an, das nutze sie für ihre Zwecke wie ein Parasit, der ein Tier oder eine Pflanze befalle und von ihnen lebe, während das Tier oder die Pflanze ganz und gar fremdgesteuert durchs Leben taumele wie ein Zombie.

So viele Jahre, seufzte er, so viel Zeit, verloren.

Er müsse jetzt gehen, sagte er, ins Büro.

Erstaunlich, fügte er hinzu, dass ich mit Ihnen darüber so reden konnte.

Ja, erstaunlich, sagte ich, sehr erstaunlich.

Und Sie haben doch jetzt eine Perspektive, Sie lernen etwas, etwas wird besser, sagte ich noch. Oder?

Ja, sagte er, zum ersten Mal im Leben habe ich mit diesem Problem eine Perspektive. Zum ersten Mal wird etwas besser.

Vorhin habe ich ja schon mal Freud zitiert. Von dem gibt es übrigens dazu einen schönen kleinen Aufsatz, *Die Verbrecher aus Schuldbewusstsein*, in dem es zwar nicht um Angst geht, aber eben darum, dass zuerst ein Gefühl vorhanden ist und dann eine daraus resultierende Tat, also darum, dass ein im Menschen vagabundierendes Empfinden sich quasi seine Ursache in der Welt sucht – um damit überhaupt erträglich zu werden. Weil ein komplett grundloses Gefühl ja nicht auszuhalten ist.

Freud, das hier ist er, der Aufsatz, sehen Sie, in *Werke aus den Jahren 1913 – 1917*, Freud also schrieb in seinem Text über Menschen, die »an einem drückenden Schuldbewusstsein unbekannter Herkunft« litten und die *dann* irgendwelche Betrügereien, Diebstähle, sogar Brandstiftungen begingen, Taten, deren Ausführung, wie die Täter berichteten, für sie mit einer seelischen *Erleichterung* verbunden gewesen sei.

»Das Schuldbewusstsein«, so Freud, »war wenigstens irgendwie untergebracht.«

Man fühlte sich also immer noch schuldig.

Aber nun war wenigstens klar: *woran*.

Nein, *wessen* klingt besser, oder?

Wessen fühlt man sich schuldig.

Schuldig mit dem Genitiv.

Für Freud war die wirkliche Ursache des diffusen, zunächst nirgendwo anzubindenden Schuldgefühls übrigens klar. Natürlich entstammte es dem Ödipuskomplex, eine Reaktion also, ich zitiere wieder, »auf die beiden großen verbrecherischen Absichten, den Vater zu töten und mit der Mutter sexuell zu verkehren. Im Vergleich mit diesen beiden waren allerdings die zur Fixierung des Schuldgefühls begangenen Verbrechen Erleichterungen für den Gequälten.«

Mit diesem Gedanken könnten wir, wenn ich so sagen darf, weitermachen: eine Angst ererbt zu haben, die man, um sie überhaupt zu ertragen, an immer neuen Ursachen festknotet.

Nur dass man sie so natürlich nicht loswird. Warum? Weil man sie ja gerade angebunden hat.

Wird man sie überhaupt je los?

Tja.

Jedenfalls muss man, wenn man über *das gelungene Leben* reden will, darüber nachdenken, was es bedeutet, wenn man die Welt nur als feindliche Bedrohung zu sehen in der Lage ist. Und wie man damit umgeht. Was man daraus machen könnte.

Und was man hier vielleicht jetzt auch mal festhalten muss: Da ist dieser Mann, der so viel geleistet hat, auch geopfert, um sich das Leben zu schaffen, von dem er träumte – und jetzt ist er nicht mehr in der Lage, jene Freude zu empfinden, von der er früher dachte, sie würde einmal mit den großartigen Lebensumständen einhergehen, für die er sich abgearbeitet hat.

Wow!

Das hat was, oder? So als Erkenntnis.

Die Leute schuften für ein gelungenes Leben, und am Ende stellen sie fest, dass ihnen zwar etwas gelungen ist, dass es sich dabei aber nicht um das Leben handelte, jedenfalls nicht um *ihr* Leben.

Ich erzähle Ihnen jetzt etwas über einen meiner besten Freunde, W., wir kennen uns seit mehr als dreißig Jahren, er ist so alt wie ich, und einige Jahre haben wir – das war vor meiner Zeit auf der Nachrufseite – in der Bibliothek zusammengearbeitet.

Heute ist W. Leiter der städtischen Bibliotheken, hohe Position also. Allerdings wurden wir erst später Freunde, also nicht schon damals, als wir den gleichen Job hatten. In jenen Tagen, als wir uns Tag für

Tag in denselben Räumen aufhielten, wusste ich nicht, wie es ihm ging. Niemand habe das gemerkt, sagt er heute, niemand, nicht einmal die Leute, mit denen er in Konferenzen saß, hätten realisiert, dass der Mann *neben ihnen* einer war, der dem Tod ins Angesicht zu blicken glaubte, in genau jenen Momenten, in denen sie an ihrem Kaffee nippten.

So war es aber.

Er war der festen Überzeugung, er sei am Ende, am Ende, am Ende.

Ich nenne das jetzt mal *die große Angst*, die ihn packte, *die große Angst*, die ihn, hat er mir mal erzählt, eines Tages ansprang wie … wie … wie ein wildes Tier. Die in ihn eindrang, ihn ausfüllte.

»Du fühlst«, hat er mir gesagt, »es ist zu Ende, du hältst es nicht mehr aus, aber du weißt gar nicht, was du nicht mehr aushältst, du denkst, weg, nichts wie weg, aber wohin, das weißt du auch nicht.« Er fuhr damals mit der U-Bahn ins Büro, dort begann sein Herz zu rasen, der Schweiß brach ihm aus, er bat seine Sekretärin, den Notarzt zu rufen, legte sich neben den Schreibtisch aufs Parkett, dachte an Herzinfarkt und wartete auf das Ende und den ewigen Frieden. Man brachte ihn in die Klinik, dort wurde er sofort ruhig. Man untersuchte ihn zehn Tage lang, *nichts* wurde gefunden, nicht mal Bluthochdruck oder ein bisschen Diabetes.

Nichts.

Dann entließ man ihn. Er packte seine Sachen, verließ das Hospital, stieg in die U-Bahn.

Dort bekam er den nächsten Anfall.

Und so ging das fortan immer wieder. *Die große Angst* verließ ihn nicht wieder. Manchmal musste er sich an einem Tisch festhalten, so schüttelte es ihn.

Was schüttelte ihn?

Er wusste es nicht!

Aber eines Nachts stand er, oben im vierten Stock, am offenen Fenster und dachte: Jetzt springe ich, damit es ein Ende hat.

Denn der Tod ist der einzige Ort, an dem man den Tod nicht fürchten muss.

Er tat es nicht. Wer weiß schon, warum? Er begann eine Therapie, eine Psychoanalyse, und nach einem Jahr hörte er von einer Selbsthilfegruppe von Leuten, die unter chronischer Angst litten wie er. Da ging er hin. Und heute sagt er mir, niemand auf der Welt könne sich vorstellen, was diese Gruppe für ihn bedeutet habe. Er erfuhr nämlich dort, dass er nicht verrückt sei. Er lernte Leute kennen, die das gleiche Problem hatten wie er. Dass es zum Beispiel Manager in hohen Positionen gibt, die an ihrer Angst verzweifeln.

Was ihm half, war zu wissen: Ich bin nicht allein.

Die Masken fielen.

Ich meine: Darüber müssen wir noch reden, nicht wahr? Dass die Tatsache, dass die Masken fielen und einer entdeckte, dass *nicht bloß er* einen Kampf zu kämpfen hatte, *dass genau diese Tatsache ihn rettete* – darüber müssen wir noch reden.

Dass es einen retten kann zu wissen, dass man nicht allein ist.

Ich will nur die Geschichte meines Freundes noch weitererzählen, weil ich ihn nämlich gefragt habe: Ist die Angst heute weg?

Und er hat gesagt: Nein, sie ist noch da, aber sie beherrscht mich nicht mehr. Manchmal taucht sie wieder auf, ich begrüße sie wie einen alten Begleiter, ich kann sogar über sie lachen. Manchmal greift sie mich an, aber ich kann damit umgehen, ist nicht immer einfach. Und bisweilen, in der dunklen Jahreszeit, nehme ich auch die eine oder andere Tablette, aber das ist nicht weiter schlimm, wozu gibt es Tabletten, wenn sie keiner nimmt.

Kleiner Scherz seinerseits.

Gelungenes Leben, finden Sie nicht, dass das hier sehr passt?

Dass einer vom Leben eine Aufgabe bekommen hat, die zu bewältigen war, ein Problem, das er lösen musste, eine Frage, die es zu beantworten galt – und dieser Mann auf der Bank und auch W., mein Freund, sie sind vor alledem nicht weggelaufen, sondern es ist ihnen tatsächlich gelungen, etwas draus zu machen. Also mehr, als nur nicht wegzulaufen, und mehr noch, als diese Schwierigkeit nur zu überstehen. Mehr, als nur die Klippe zu bezwingen.

Sondern jeweils *als ein anderer* aus der Sache hervorzugehen, als gereifter Mensch.

Das ist, wenn man so will, die klassische Heldenreise.

Sagt Ihnen der Name Joseph Campbell was? *Der*

Heros in tausend Gestalten? The Hero with a Thousand Faces? (Irgendwie hört sich das fast an wie der Titel eines Bob-Dylan-Songs, nicht wahr?) Das Buch ist sehr wichtig für mich, war eine Bibel für viele, für Dylan übrigens auch, glaube ich, vor allem für George Lucas, *Star Wars*, wissen Sie? Und für viele Drehbuchautoren ist das so eine Art, ach, ich weiß nicht, ich kenne mich da nicht so aus, ein Leitbild für ihre Arbeit irgendwie …

Ich habe *Star Wars* übrigens nie gesehen, ist an mir vorbeigegangen, wie so vieles an mir vorbeigegangen ist, weil ich zu viel arbeite. Und George Lucas lebt ja, er ist mir noch nicht, wie soll ich sagen, in die Finger gekommen, wenn Sie verstehen, was ich meine …

Campbell hat weltweit jene Mythen betrachtet, die Menschen sich seit Jahrtausenden erzählen, er hat sie auf ihre Gemeinsamkeiten hin untersucht, auf das, was Menschen so bannt. Und daraus hat er die Idee der Heldenreise gemacht, mit ihren verschiedenen Stationen, ich zähle mal ein paar auf, nicht alle, das sind zu viele. Und es sind vielleicht auch nicht alle immer gleich wichtig. Aber es ist eben ein Muster für alle großen Geschichten.

Am Anfang steht jedenfalls immer *der Ruf*, also: Im Leben des Helden taucht eine Aufgabe auf, doch unser Mann zögert, sich ihr zu stellen, das überwindet er aber, er macht sich auf die Reise. Jedoch: Die Schwierigkeiten, denen er sich zu stellen hat, sind überwältigend groß, es sind Prüfungen, und ihm wird klar, welchem Gegner er sich gegenübersieht – und dazu gehört eben auch er selbst, ja, in Wahrheit muss er sich selbst überwinden und verändern, das heißt, er kehrt dann aber auch als ein anderer zurück, zögert deshalb, überhaupt zurückzukehren, und muss (bei Campbell heißt das, glaube ich, *Herr der zwei Welten sein*) Alltagsleben und das neue Wissen vereinbaren – was nur geht, wenn er die alte normale Welt auch verändert, zu einer neuen Freiheit hin.

Wenn Sie die Geschichte meines Freundes jetzt noch einmal betrachten, unter dieser, wie soll ich sagen?, Schablone, dann sehen Sie, dass auch er ein Held ist, dass er sich seiner Aufgabe gestellt hat, dass er als ein anderer zurückgekehrt ist und dass er – also, da bin ich sicher – auch die Welt verändert, wenn er ein anderer ist, nicht wahr?

Und wenn wir sagen, *gelungenes Leben*, wenn ich also mir Gedanken mache, was eigentlich ein *gelungenes Leben* sein könnte oder jedenfalls doch ein *Gelingen im Leben*, voilà!

Das ist *gelungen*, oder? Jedenfalls, was diesen Punkt angeht.

Mit den Zeitungshändlern bin ich, nebenbei gesagt, noch nicht durch, die Branche fasziniert mich irgendwie, Sie merken das.

Der Laden, den ich morgens betrete, ist nach Leszek Kaczmarczyks spektakulärem Abgang immer noch derselbe, bedrucktes Papier und Tabak, interessante Kombination eigentlich, Text und Rauch und dann natürlich noch Lotto, also Papier und Qualm und Glück. Oder eben nicht Glück, weil: Wer gewinnt schon jemals im Lotto?! Aber *Hoffnung*, darum geht es doch beim Lotto, um *Hoffnung*.

Oder um, wie Agim, mein Friseur, immer sagt, »dem Ticket raus aus der Scheiße«.

Ja, genau *dem* Ticket, fragen Sie nicht nach Erklärungen, Agim spricht hervorragendes Deutsch, nur heißt es bei ihm immer *dem*.

Wir machen *dem* Termin.

Er schreibt *dem* auf.

Also, er hat einen Tick mit dem *dem*, das muss hier genügen.

Dem muss hier genügen.

Der jetzige Zeitungsmann heißt Kreisslmayr, Ludwig Kreisslmayr, und irgendwie finde ich ja, das hört sich an wie die Übersetzung von Leszek Kaczmarczyk ins Bayerische, aber das nur nebenbei. Kreisslmayr nimmt auch noch Pakete an und gibt sie wieder ab, an den Paketmann nämlich, der sie dann in die Welt hinaustransportiert, so ist das heute, man sucht sich seine Lücke in der Wand, als die das Leben vor einem steht. Man kämpft sich durch, und wenn es mit Paketannahme ist.

Morgens, wenn ich den Zeitungsladen betrete, wenn Kreisslmayr noch zwischen Folien steht, mit denen die Zeitungen verpackt waren, wenn er wie ein Innenstadt-Laokoon mit den Plastikbändern ringt, die diese Zeitungen verschnürten, wenn er die von Jahr zu Jahr tendenziell flacher werdenden Zeitungsstapel in die Regale schichtet, dann beginnt ein neuer Tag. Kreisslmayr hofft, und ich hoffe. Und unsere Hoffnungen verknüpfen sich zu einem kleinen Gespräch.

Ehrlich, ich würde schon deswegen meine Zeitung nie auf irgendeinem Bildschirm lesen, weil ich dann keinen Grund mehr hätte, morgens Kreisslmayrn aufzusuchen …

Oder Kreisslmayrs ansichtig zu werden!

Denn ich rauche auch nicht und spiele nicht Lotto, also, was sollte ich dann bei ihm, ohne Zeitungswunsch?

Ein Paket hat man ja auch nicht jeden Tag zu verschicken.

Übrigens habe ich mir schon oft überlegt, was ich eigentlich täte, wenn mir alle Haare ausfielen und ich eine Glatze hätte. Denn: Ein ähnliches Verhältnis wie mit dem Zeitungshändler verbindet mich mit Agim, meinem Friseur, ja, wahrscheinlich ist unsere Beziehung, obwohl wir uns nicht jeden Tag sehen, noch ausführlicher, weil Agim mir die Haare seit, wie gesagt, fünfunddreißig Jahren schneidet. Richtet Ihnen jahrzehntelang derselbe Mann die Frisur, dann ist der fast wie ein Bruder, würde ich sagen.

Glatze wäre mein Unglück!

Vermutlich würde ich mir regelmäßig die Kopfhaut lackieren lassen oder die Augenbrauen schneiden oder irgendwas in der Art.

Nur wegen *dem* Agim. Nur des Agims halber.

Jedenfalls: War ich bei Kreisslmayr, gehen wir beide guter Laune unverdrossen in den Tag, denn Kreisslmayr ist keiner wie Kaczmarczyk, er sieht die Welt nicht schwarz. Aber dass gedrucktes Papier keine Zukunftsbranche ist, weiß er auch, und übrigens finde ich es ja alleine schon den Wahnsinn, dass der Tabakhändler heute den lieben langen Tag vor einer Galerie scheußlichster Tumorbilder verbringt, denn seit Zigarettenfabrikanten auf ihre Packungen diese Abschreckungsbilder drucken müssen, hat jeder Tabakmann quasi Hunderte von Schockfotos im Nacken.

Das muss man auch erst mal aushalten. Krankheit und Tod im Genick, den ganzen Tag.

Ich könnte das nicht. Ich rauche nicht, wie gesagt, wie übrigens auch Kreisslmayr nicht raucht, er trinkt nicht mal mehr, nicht wie früher jedenfalls, wo er gerne schon mal in seiner Mittagspause an den drei Gehweg-Tischen *Bei Müller* saß und ein Helles zu sich nahm.

Das sei vorbei.

»Die ganze Eleganz des Denkens« verschwinde unter dem Einfluss des Alkohols, sagt er – ehrlich, er drückt sich so aus, *die Eleganz des Denkens*!

Und deshalb trinke er nur noch wenig.

Eleganz des Denkens! Ist das nicht toll, aus dem Mund meines Zeitungshändlers?

Ich denke die ganze Zeit nach, wie er das eigentlich gemeint haben könnte, aber ich komme nicht drauf.

Übrigens: interessant …

Sagen Sie mal, dieses *Übrigens: interessant* – wie ich das so gewohnheitsmäßig sage, es kommt mir bekannt vor, woher, als wiederkehrende Wendung, woher?

Wolf Haas, ja, Wolf Haas, ist Ihnen Wolf Haas ein Begriff?

Er hat die *Brenner*-Romane geschrieben, sechs oder sieben oder acht.

Wo sind sie denn …

Die ganzen Bücher hier, die Stapel überall, die überfüllten Regale, die Bücher stehen da in zwei Reihen – es wird zu viel, aber ich kann nicht anders, ich komme an keinem Buchladen vorbei, ohne irgendwas zu erwerben, das ist quasi notorisch …

… jedenfalls Haas und Brenner, es geht darin um diesen Privatdetektiv Brenner, also die Hauptfigur, und der Erzähler – warten Sie, hier liegt ja eines: *Der Brenner und der liebe Gott*, das ist eines dieser Bücher, die sind ja in einer ganz eigenen Sprache geschrieben mit immer retournierenden Wendungen, *ob du es glaubst oder nicht*, zum Beispiel, und *übrigens: interessant* auch, nein, warten Sie, warten Sie, lassen Sie mich nachdenken, nein, bei Haas heißt es: *aber interessant*, ja, das war es, *aber interessant,* nicht *übrigens: interessant,* egal jetzt.

Der Haas benutzt schon eine ansteckende Sprache, finden Sie nicht?

Also wenn Sie ihn überhaupt kennen …

Man liest also ein Brenner-Buch und redet dann unwillkürlich genauso wie der Erzähler, *aber interessant, ob du es glaubst oder nicht* – so. Ist mir schon passiert. Passiert vielen.

Lesen Sie Haas, dann merken Sie's!

Jedenfalls, *übrigens: interessant*, wollte ich sagen, weil ich doch vorhin von Miss Billigung erzählte. Dass man sich in dem Moment, wo man sagt, ich gehe jetzt mal hinter Miss Billigung her, ich frage freundlich nach, was in ihrem Inneren rumort, also in diesem Moment macht man sich ein bisschen für deren Verhalten verantwortlich, finden Sie nicht? Ich meine, ich erwarte nicht das Gleiche von ihr. Es ist wie mit den Leuten, die eine Nazi-Partei wählen, und statt diesen Nazi-Partei-Wählern einfach zu sagen, was für Trottel sie sind, dass sie solchen Typen zur Macht verhelfen wollen und womöglich auch noch verhelfen, stattdessen also stellen wir uns hin und fragen: Was um Gottes willen bewegt denn diese Leute? Was ist geschehen in der Welt, dass sie so handeln müssen? Was haben wir falsch gemacht?

Wir!

Ich meine, *sie* machen etwas falsch, und *wir* fragen uns dann, was *wir* falsch gemacht haben, sodass *sie* etwas falsch gemacht haben.

Da stimmt doch was nicht.

Andererseits aber nun: Es geht letztlich darum, sich zu überlegen, welchen Anteil man selbst an einem Problem hat und was man zu dessen Lösung beitragen könnte, das ist ein guter Ansatz, lassen wir es dabei.

Was ist der Mensch anderes als das Produkt seiner Beziehungen? Aus dem Leben mit anderen lernt er sein Verhalten, er begreift, wie man zu sein hat in dieser Welt, wie man am besten funktioniert, zunächst natürlich von den Eltern lernt er das, das sind erst mal die einzigen *anderen*, die er so kennt, nicht wahr?

Und auf diesen fest ihn führenden Schienen fährt er im Zweifel sein Leben lang voran – es sei denn, er entschließt sich oder ist vielleicht auch genötigt, einmal sein Verhältnis zu *anderen* zu überprüfen und sich zu fragen, ob das alles, was er tue und mit sich geschehen lasse, wirklich richtig und ihm gemäß ist.

Ich erzähle Ihnen dazu eine Geschichte.

Ich saß mit einem Freund zusammen, in einer anderen Stadt, in Hamburg. Wir hatten uns auf einen Kaffee in einem Café an der Alster getroffen und über dies und jenes geredet, dann sagte er plötzlich: Erinnerst du dich noch an Ferdinand?

Natürlich, antwortete ich, er war ja ziemlich klein, hatte schon mit fünfundzwanzig eine komplette Glatze und übrigens eine tiefe Stimme, immer fragte ich mich: Woher holt so ein Mensch bei all seiner Körperkürze eigentlich die Tiefe seiner Stimme?

Sein Vater war früh gestorben, sagte mein Freund, Ferdi lebte dann mit seiner Mutter in einem großen Haus in Düsseldorf. Als er die Stadt zum Studium verließ, blieb sie allein dort in dieser Riesenvilla, Gärtner, Haushälterin, also, sie lebte auf großem Fuß, rauchte viel und hatte noch ein Apartment auf den Azoren, das muss man sich mal vorstellen, die Azoren sind ja nicht gerade um die Ecke. Ihre Haut war tiefbraun, mit tiefen Falten wie altes Leder. Wenn sie redete, klang es, als ob auf ihren Stimmbändern der Teer Zehntausender Zigaretten klebte wie Harz.

Hatten sie nicht ein Bauunternehmen in Düsseldorf, als der Vater noch lebte?, fragte ich.

Ja, und ich mochte die Frau, sagte er, aber ich weiß nicht mehr, warum. Sie trank nachmittags Chartreuse zum Kaffee und rührte den ganzen Tag keinen Finger, trug ein Kostüm und gab das Geld aus, das ihr Mann hinterlassen hatte.

Am Ende war es weniger, als sie gedacht hatte.

Woher weißt du das?

Nur so ein Gefühl.

Er trank einen Schluck Kaffee. Die Sonne schien, und wir sahen uns nur einmal im Jahr, und jetzt saßen wir auf einer Terrasse an der Alster und blickten aufs Wasser, das sich in einem leichten Wind kräuselte. Ein Boot von einem der Klubs in der Nähe zog vorbei, vier breitschultrige Frauen zogen gleichmäßig an den Riemen.

Er sagte: Ich erinnere mich, dass ich Ferdi einmal zehn Mark lieh, weil er am Semesterende kein Geld mehr hatte. Zehn Mark, davon hätte ich im Notfall eine Woche gelebt. Aber er ging in den *Brebecker Hof*, bestellte einen Toast und ein Glas Wein, danach einen Kaffee. Dann waren die zehn Mark weg. Und was in den Siebzigerjahren wirklich auffiel: Er trug immer ein Sakko über einem teuren Oberhemd, das aber schlecht gebügelt war, und wenn man genau hinschaute, dann sah man, wie zerfasert die Manschetten waren. Also, es war alt, das Hemd, doch genau das hatte Stil. Wir wohnten alle in Studentenwohnheimen und Wohngemeinschaften, aber Ferdinand hatte ein kleines Apartment mit Balkon im zweiten Stock, und eines Tages lud er mich tatsächlich in eine Villa am Starnberger See ein. Er – ein Student, bitte schön! – habe die Besitzerin kennengelernt und sich mit ihr angefreundet, eine schon etwas ältere Dame, die nun verreist sei und ihn gebeten habe, das Haus zu hüten, wochenlang. So erzählte er es. Wir verbrachten ein Wochenende dort, also: ich, er blieb ja viel länger. Riesengarten, Blick aufs Wasser, und niemand war da, schon gar nicht die alte Dame. Wir tranken zwei Flaschen aus dem Weinkeller des Hauses und kochten dazu irgendwas aus der Vorratskammer zusammen. Aber nie wurde ich das Gefühl los, hier stimme etwas nicht, gleich werde jemand um die Ecke kommen und uns verjagen oder die Polizei holen … Er jedoch verhielt sich, als gehöre das Haus ihm. Ich konnte das nicht aushalten und war froh, als der Sonntagabend kam und ich wegfahren konnte. Er war unbeschwert, und irgendwie beneidete ich ihn darum. Mir gelang das nicht.

Wie lange das alles her ist!, sagte ich zu meinem Freund.

Ich dachte an das luxuriöse Hotelzimmer an der Alster, in dem ich die Nacht verbracht hatte, an die Regenwalddusche nach dem Laufen, ich dachte an das denkmalgeschützte Hamburger Haus, in dem mein Freund hier wohnte, an den Garten, in dem wir gestern Abend gesessen hatten, die riesigen blühenden Rhododendren, die Rosenblätter auf den Steinplatten der Terrasse, den Labrador, der zwischen den Büschen herumschnüffelte.

Hast du nicht durch ihn auch deine Freundin kennengelernt, mit der du dann so lange zusammengelebt hast?, fragte ich.

Eva, sagte er.

Natürlich, Eva, sagte ich.

Ferdi war mit Eva zusammen im Kindergarten gewesen und dann in der Schule, und Nachbarn waren sie auch, und dann fuhren wir eines Tages mit ein paar Freunden zusammen nach Düsseldorf, zu einer Tour durch die Altstadt, und er hatte gesagt, er wüsste schon, wo wir wohnen könnten, er kümmere sich darum. Es war das Haus von Evas Eltern, da gab es ein Gästezimmer. So lernte ich sie kennen. Dann waren wir ein paar Jahre zusammen, Eva und ich.

Er machte eine Pause.

Diese Zeiten, als wir zusammen ins Leben aufbrachen, sagte er dann, und das Verrückte ist …

Trinkst du noch was?, unterbrach ich ihn.

Ich mochte seinen behaglichen Ton jetzt nicht, dieses schnurrende Sicherinnern an alte Zeiten: Mir ist das fremd, ich weiß auch nicht recht, warum, es hat etwas Selbstgefälliges, Selbstzufriedenes, mir liegt das nicht. Deshalb hatte ich ihn unterbrochen, aber auch weil die Kellnerin plötzlich vor uns stand. Ich dachte, ob ich noch einen Kaffee nehmen sollte, aber das wäre schon der zweite gewesen, also bestellte ich ein Wasser. Er nahm ein Bier.

Seit wir hier saßen, standen auf dem Nachbartisch leere Gläser herum, Schaumkrusten vom Bier, das darin gewesen war, an den Rändern, und Kaffeetassen, in denen die Löffel standen. Ich versuchte, es nicht zu beachten, und schaute wieder aufs Wasser hinaus. Am anderen Nebentisch sprach jemand Französisch mit sehr starkem deutschen Akzent in ein Telefon, *ßä biäng sürr, biäng sürr, nuh vulong vönihr …*

Wie lange hast du ihn nicht gesehen?, fragte ich.

Vierzig Jahre, sagte er, ich habe ihn, als das Studium zu Ende war, nie wiedergesehen, er war mit einem Schlag verschwunden. Wir lebten in derselben Stadt, aber ich wusste nicht, was er machte, es war nichts mehr von ihm zu hören, und ich hatte auch keine Lust mehr, mit ihm zu tun zu haben, warum eigentlich? Er war Jurist, aber das zweite Staatsexamen hatte er nicht geschafft, und irgendwie kam er beruflich nie auf einen grünen Zweig.

Er machte keine Fortschritte, sagte ich, das wird es gewesen sein, er blieb immer der Sohn dieser Mutter.

Ich sah vom Wasser zurück in sein Gesicht.

Es waren nur vier Jahre, vom Anfang des Studiums bis zum Ende, in denen wir wirklich befreundet waren, sagte mein Freund leise, wobei wir ja verschiedene Fächer studierten, und danach machte Ferdi kleine juristische Arbeiten für irgendwelche Firmen, was da halt an- und abfiel für ihn. Ihm fiel nie was anderes ein, vermute ich. Er kam mir vor wie ein Motor, der nie aus dem Leerlauf herausschaltete. Er legte einfach den verdammten Gang nicht ein. Denke ich mir jedenfalls. Ich weiß es ja wirklich nicht. Aber was ich weiß: Eines Tages, Eva und ich waren da schon seit ewigen Zeiten wieder getrennt, meldete er sich bei ihr (sie ließ es mich dann gleich wissen) – und warum? Sie hatte auch jahrzehntelang nichts von ihm gehört, aber nun saß er im Gefängnis und wäre nur gegen Kaution wieder herausgekommen. Das vermutete sie jedenfalls. Er brauche 3 000 Euro, schrieb er in einem Brief, er werde sie bald zurückzahlen, es sei nur für kurze Zeit, ein Überbrückungsproblem. Vermutlich hatte er irgendeine Rechnung nicht bezahlt, ich weiß es nicht, und es stimmt, was du sagst: Es war einfach so, dass er, wie seine Mutter auch, das Leben unter einem gewissen Standard nicht akzeptierte, er machte das nicht mit.

Er konnte es nicht mitmachen, sagte ich, weil er die Schienen, auf die man ihn gesetzt hatte, nicht zu verlassen in der Lage war. Er fuhr darauf weiter.

Ich sah wieder aufs Wasser hinaus.

Und was hat Eva getan?, fragte ich dann.

Natürlich hat sie es ihm überwiesen. Sie sagte, sie habe einfach den Gedanken nicht ertragen können, dass ihr süßer kleiner Spielkamerad von früher im Knast hocke, so war das. Kann man verstehen. Bei Eva kam es auf Geld auch nie so an.

Und hat sie das Geld zurückbekommen?

Natürlich nicht. Sie hat nie wieder von ihm gehört.

War ja klar.

Du weißt, dass Eva nach Japan umgezogen ist?, sagte er.

Ich habe davon gehört, sagte ich. Japan, warum?

Weil ihr Typ einen hohen Posten bei einer deutschen Firma dort hat, warum sonst?

Das Verrückte ist, sagte er wieder, dass ihre letzte *WhatsApp* auf meinem Handy von Ferdinand handelte, sie war da praktisch schon auf dem Weg zum Flughafen, für den Flug nach Tokio. Sie habe ihn in der Stadt gesehen, schrieb sie, zum ersten Mal seit Jahrzehnten wieder, von Weitem, und sie glaube, er habe sie auch erkannt, aber so getan, als sähe er sie nicht. Es sei ihm sicher peinlich gewesen, habe ich geantwortet, und sie schrieb dann, und das war das

Letzte, was sie mir je schrieb: Ja, so sei es wohl, aber ihr sei es auch peinlich gewesen.

Und was ist nun mit Eva?, fragte ich.

Keine Ahnung. Ich habe seit Jahren nichts mehr von ihr gehört. Sie antwortet auf nichts mehr.

Warum erzähle ich Ihnen das jetzt? Warum zitiere ich die ganze Unterhaltung?

Weil, wissen Sie, das ist es, diese kleine letzte Szene, was mich manchmal geradezu rasend macht: dass Menschen so aneinander vorbeileben können, dass sie solche Mauern zwischen sich errichten, dass sie imstande sind, über die wichtigsten Dinge im Leben einfach nicht miteinander zu reden.

Dass sie jemanden sehen, dem sie etwas zu sagen hätten, sehr viel sogar – und sie sagen es nicht.

Habe ich vorhin Feigheit gesagt? Ja, das stimmt, aber dazu ist das Leben doch da, dass man sich entwickelt, dass man lernt, dass man nicht der bleibt, der man ist, oder dass man der wird, der man sein könnte, oder zu dem kommt, was man eigentlich ist, aber nicht sein konnte.

So etwa.

Ist das Leben dazu da? Wozu ist es da? *Wozu sind wir da?*

Vorläufige Antwort: Es gibt keinen Grund dafür, dass wir da sind, und einen Zweck schon gar nicht. Und wenn es doch einen gibt, dann kennen wir ihn nicht und werden ihn auch nie kennenlernen. Wenn wir wollen, dass es einen Grund für unsere Existenz gibt, dann müssen wir ihn selbst schaffen. Sie müssen es eines Tages schaffen, dass Sie auf die Frage, warum Sie am Leben seien, antworten können: Ich habe meine Gründe.

Dazu später noch ein paar Worte mehr.

Ich meine: Was mochte ich an Ferdinand? Was mochte auch mein Freund an ihm? Er lebte über seine Verhältnisse, er akzeptierte die Verhältnisse nicht, wie sie für ihn waren, und lebte einfach über sie hinaus – das ist doch was Schönes, oder? Er hatte kein Geld und kein Vermögen, aber er tat so, als ob er welches hätte – und darin liegt schon immer eine Fantasieleistung, eine Schauspielerleistung. Das ist eine künstlerische Arbeit, verstehen Sie? Er hatte nur seine Fähigkeit, etwas vorzutäuschen, und seinen Charme, mehr nicht, und das fanden wir gut an ihm.

Charme.

Das muss man mögen, dazu ist Charme ja da, nicht wahr? Dass man ihn mag. Ich meine, wenn jemand Charme zeigt, und man mag ihn nicht, dann kann es kein Charme gewesen sein.

Aber er spielte ein Spiel, er sah das Leben als Spiel, und ein Spiel kann man verlieren. Das musst du wissen, *bevor* du es spielst. Dann ist das Verlieren nicht so schlimm, vielleicht. Weil es dir gar nicht auf das Siegen oder Verlieren ankam. Sondern auf das Spiel.

War es so?

Lebte er nicht auch einfach *in seinen Verhältnissen*, in seinen inneren Umständen, aus denen er nie herausfand zu dem, was ihm das Leben vielleicht wirklich hätte bieten können?

Jedenfalls: Es sind ja diese Unterschiede zwischen den Menschen, die das Leben interessant machen, nicht wahr?

Diese ganz und gar verschiedenen Arten, mit dem Leben umzugehen, der eine verspielt und nicht an morgen denkend, der andere unentwegt planend, *das ist doch das ungeheuer Interessante, davon kann man etwas lernen, wir können von unseren Unterschieden lernen.* Wie wäre es – ich denke das so bisweilen bei meinen Nachrufen – mit dem Gedanken, dass jeder Mensch, von dir aus gesehen, ein Vorschlag ist, was man mit dem Leben auch machen könnte, hätte machen können?

Und deshalb hätte Eva, als Ferdi plötzlich doch im Gesichtsfeld auftauchte, einfach sagen können: Mein Lieber, es ist alles klar, wir verurteilen dich nicht, wir hätten uns sogar gewünscht, dass du ein bisschen länger durchkommst mit dieser Masche. Streng dich nicht so an! Für dich ist es jetzt blöd, für uns aber ist es kein Problem, jedenfalls: Mach wenigstens vor uns keine Geheimnisse mehr mit dieser Sache!

Haben Sie, nebenbei gesagt, eine Ahnung, was mein Zeitungshändler sonst noch macht? Können Sie nicht haben, aber ich sag's Ihnen, hier, das ist wirklich toll.

Er nimmt jeden Abend die Zeitungen, die er nicht

verkauft hat, und liest sie durch oder stöbert jedenfalls drin herum, und wenn er was findet, von dem er meint, dass es aufbewahrt werden sollte, schneidet er's aus – immer nur eine Meldung oder ein Zitat pro Tag. Er klebt das in ein großes Album, und er hat mir mal einige dieser Alben für ein paar Tage ausgeliehen.

Sie interessieren mich sehr.

Tag für Tag macht er das.

Vorne auf das Album hat er geschrieben: *Tagebuch des unbedeutenden Weltgeschehens.*

Nichts von dem, was auf den Seiten klebt, hat je die Schlagzeilen erreicht, es sind alles Nebensächlichkeiten, hier sehen Sie, zum Beispiel: Eine Kuh fiel von einer Brücke und landete genau auf einem parkenden Auto – und so überlebte sie den Sturz, tatsächlich. Oder einer knackte einen Wagen und fuhr damit los, bis er bemerkte, dass auf der Rückbank ein Baby schlief; er brachte den Wagen wieder zurück, parkte ihn ein und lief davon. Aber dabei sah ihn dann der Besitzer, der gerade aus dem Supermarkt kam. Er alarmierte die Polizei, und am Ende hatten beide mit den Gendarmen zu tun, obwohl im Grunde nichts passiert war, denn der Wagen stand wieder an Ort und Stelle, und das Baby schlief immer noch. Aber der eine wurde der Entführung angeklagt, dem anderen warf man Vernachlässigung der Aufsichtspflicht oder so etwas vor.

Im Grunde war nichts passiert, trotzdem waren zwei Leute in Schwierigkeiten.

Und hier!

Damals, als ein Mann namens Brett Kavanaugh Richter am Obersten Gerichtshof der USA werden sollte (und dann auch wurde) und die Öffentlichkeit über Wochen der Frage nachging, ob er als siebzehnjähriger Schüler die fünfzehnjährige Christine Blasey Ford zu vergewaltigen versucht hatte, schnitt der Zeitungshändler einen größeren Artikel aus der Zeitung und unterstrich darin einen Satz: Kavanaugh beteuerte, er habe nie eine Frau belästigt – und dann hieß es: »Um genau zu sein, habe er während seiner Schulzeit und ›viele Jahre danach‹ überhaupt keinen Sex gehabt, erzählte er der Nation, und auch nichts getan, was so ähnlich wie Sex gewesen sei.«

Was ist denn so ähnlich wie Sex, überlegten wir damals gemeinsam im Zeitungsladen.

Da vorne den *Playboy* durchblättern?

Niesen?

Einen Fahrradreifen aufpumpen, bis er platzt?

Was ist so ähnlich wie Sex?, habe ich Agim, meinen Friseur, gefragt.

»Wenn ich dir die Haare schneide, *dem* ist so ähnlich wie Sex«, sagte er und lachte.

Unvergesslich ist mir ein Bild, auf dem ein Mann namens Dale Miller auf der Abfallkippe von *Volusia County* in Florida gesenkten Kopfes, mit Gummihandschuhen und Mundschutz ausgerüstet, den Müll durchwühlt, weil er seinen Lottoschein sucht – denn er weiß, er hat zehn Millionen Dollar im Lotto gewonnen (beziehungsweise eben nicht er, sondern der Schein!), diesen Schein aber hat der Mann vorher versehentlich weggeworfen – und nun sucht er ihn auf diesem Riesenmüllberg, aussichtslos, vermute ich, denn wie soll er in diesem Haufen Dreck einen Lottoschein finden, der zwischen Bananenschalen und Kaffeesatz wahrscheinlich sowieso unleserlich wäre?

Ich denke oft an das Bild und überlege immer wieder, wie der Mann damit wohl fertiggeworden ist, mit diesem Lottonichtgewinn.

Und ob überhaupt.

Komisch, nicht wahr?, dass man hier sitzt und an einen Mann da draußen denkt, den man nicht kennt, ein Mann irgendwo auf der Erde oder vielleicht schon längst *unter* der Erde. Da sind wir wieder bei den Billardkugeln, die ich vorhin mal erwähnte, erinnern Sie sich? (Das war, als es um die kleinen Gefühle ging, die man oft übersieht im Gegensatz zu den großen, und wie die Menschen im Leben manchmal so kurz, *klick*, aneinanderstoßen und sich dann wieder voneinander entfernen.)

Nur dass die Kugel *Wemut* die Kugel *Miller* nie auch nur berührte, jedenfalls nicht physisch, sondern, ja …

Wie denn?

Ein Mann, der diese eine große Chance im Leben bekam und das Stück Papier verlor, das ihn aller materiellen Sorgen enthoben hätte …

Dale Miller.

Habe ich natürlich gegoogelt. Aber ich habe bloß

gefunden, dass einer dieses Namens mal im lokalen Gefängnis eingebuchtet wurde, andererseits ein W. Dale Miller als zugelassener Rechtsanwalt in Florida arbeitet.

Ist ja nicht gerade ein seltener Name.

Irgendwie ist mir die Sache wichtig, warum eigentlich?

Ich sage Ihnen, was ich vermute: Weil ich vielleicht denke, wie wichtig es ist, sich immer klarzumachen, dass die Menschheit da draußen aus lauter Einzelnen besteht, zu denen zum Beispiel ein Mann gehört, der das verlorene Glück auf einer Müllhalde sucht.

Die Menschheit. Was soll's?

Ein Mensch! Und noch einer. Dale Miller. Seine Frau. Sein Nachbar. Und die anderen.

Dale Miller, sind Sie da draußen irgendwo?

Wenn Sie eines Tages sterben, schreibe ich einen Nachruf auf Sie.

Ich müsste es gegebenenfalls nur wissen.

Jetzt mal dieses Buch hier, ja? Sehen Sie. *Step Right Up!*, heißt es.

Es ist voller Staub.

Von 1950.

Das Buch.

Der Staub ist natürlich jünger.

Staub von 1999, schätze ich.

Seitdem lag das Buch da unten in der Ecke, hinten im Regal, zwanzig Jahre lang. Ich habe einfach zu viele Bücher, man wird des Staubes nicht mehr Herr, ganz abgesehen davon, dass die Situation hier … dieses Durcheinander … eigentlich unwürdig ist für einen, der Bibliothekswissenschaften studiert hat.

Aber ich hatte andere Interessen in den vergangenen Jahrzehnten.

Step Right Up!, wie könnte man das jetzt übersetzen?

Kommen Sie näher, kommen Sie ran! vielleicht, so wie Schausteller auf dem Jahrmarkt die Leute locken.

1964 ist das Buch noch mal mit einem Zusatztitel erschienen, *Memoirs of a Sword Swallower*, das ist leicht ins Deutsche zu bringen, *Erinnerungen eines Schwertschluckers*.

Der Autor heißt Daniel P. Mannix, er war lange auf amerikanischen Jahrmärkten unterwegs. Hieß dort *The Great Zadma*. In dem Buch geht es um diese, also Mannixens Zeit auf den *Carnivals*: wie man Schwerter schluckt, zum Beispiel, darum geht es, und Feuer natürlich und lebende Ratten, bitte, auch noch ganz andere Sachen, ganze Frösche etwa, ob Sie es glauben oder nicht.

Wie ungeheuer schwierig vor allem Schwertschlucken sein muss, habe ich mal in aller Deutlichkeit mitbekommen, als ich eine Magenspiegelung machen musste, ich hatte Schmerzen hier, in der Körpermitte, hinter dem Solarplexus. Gut, ist nicht ganz die Mitte, die ist weiter unten, egal jetzt, ich wollte wissen, warum ich da Schmerzen hatte. Es wird dazu eine

Sonde in die Speiseröhre praktiziert, die muss natürlich am Kehlkopf und dem ganzen anderen querliegenden Zeug im Hals vorbei, und weil ich eine Heidenangst vor jeder Betäubung hatte, dachte ich, das schaffe ich schon, ich schlucke diese Sonde irgendwie runter.

Wird schon gehen.

Ging auch.

Es war aber ein so schlimmes Gewürge, dass ich beim nächsten Mal, drei Jahre später, doch die Betäubung genommen habe, was übrigens im Gegensatz zu dem, was ich befürchtet hatte, eine großartige Sache ist, das Mittel heißt *Propofol*, das kann ich einerseits im Einzelfall nur empfehlen, im Dauerbetrieb andererseits nicht. Michael Jackson habe es, erzählte mir kürzlich jemand, über Wochen hinweg jeden Abend genommen, da kommt man natürlich ziemlich bald nicht mehr anders in den Schlaf. Ein gutes Buch ist nichts gegen *Propofol*, und wie es mit Michael Jackson zu Ende ging, das wissen wir.

Jedenfalls lag ich da, man jagte mir *Propofol* ins Innere, ich hörte noch den Arzt *Auf Wiedersehen!* rufen und antwortete: Wann fangen Sie nun endlich an mit dieser Untersuchung?

Und er: Ist doch längst vorbei, alles.

Dieser Stoff nimmt dich nämlich in aller Schnelle für eine Weile aus dem bewussten Leben, und er bringt dich genauso schnell wieder zurück. Manchmal quält man sich ja mit dem Einschlafen herum, man findet die Brücke nicht auf die andere Seite, sucht und sucht, und hier ist es so einfach. Vielleicht ist es mit dem Sterben ja eines Tages auch so: Man möchte gerne rüber zum anderen Ufer, der Tod winkt dort schon, in deinem Nacken hallt bereits der Nachruf, aber wo ist der Weg, der verdammte Weg?

Und *zurück*, das ist ja nun mal sowieso nicht drin, wissen wir.

Aber ist das nicht irre, wie schnell das geht? Dass man einfach aus dem Spiel ist? Man ist plötzlich, zack, zack, irgendwo, und das große Spiel geht weiter. Ich meine, nur mal so als Gedanke, wenn es also eine Möglichkeit gäbe, dass man sich im Leben kurz und schmerzlos mal für eine Weile verabschiedet, nach dem Motto *Die nächsten drei Wochen interessieren mich nicht so, ich bin dann mal weg, man sieht sich,* und dann kommt man zurück, wenn das Wetter besser ist oder die Laune wieder passt, würde man das machen? Am Leben nur die guten Seiten mitnehmen, und wenn die schlechten kommen: Tablette?

Muss ich später mal drüber nachdenken.

Zum Schwertschlucken können Sie natürlich kein *Propofol* nehmen, das muss bei vollem Bewusstsein geschehen und vor großem Publikum, bitte: Es muss aussehen, als ob es Freude bereitet. Der Schwertschlucker hat den Eindruck zu erwecken, als gäbe es für ihn nichts Schöneres im Leben als den Schwerterverzehr plus zwei, drei Fackeln zum Nachtisch.

Das ist seltsam, nicht wahr? Dass es überhaupt Leute gibt, die etwas so ungeheuer Mühsames und letztlich Ekelhaftes und sowieso Gefährliches und obendrein letztlich noch wirklich komplett Sinnloses wie das Schwertschlucken tun. Aber darin liegt das ganze Geheimnis: Man wird solche Menschen immer bestaunen, sie erregen unser Interesse, und genau aus diesem Grund werden sich immer Leute finden, die dieses Interesse auf sich lenken wollen. Keine Mühe und kein Ekel und keine Gefahr werden ihnen zu groß sein, wenn es darum geht, die Aufmerksamkeit anderer zu erregen.

Der Mensch möchte bemerkt werden im Leben, und wenn es durch Schwertschlucken ist, also, das wäre vielleicht ein Gedanke für diese Rede. Vielleicht auch nicht.

Interessant ist nun jedenfalls, dass einem aber selbst das Schwertschlucken offenbar relativ bald langweilig wird. So ist der Mensch *ja auch*, er langweilt sich im Nu, so schnell können Sie gar nicht schauen, wie der Mensch sich langweilt, der Mensch ist überhaupt nur Mensch, *weil er sich so rasch langweilt.* Langeweile bedeutet ja zum Beispiel: Er ist nicht zufrieden mit dem Erreichten, es ödet ihn an, er will weiter, egal wohin, Hauptsache Fortschritt …

Nein, das ist Unsinn. Menschen sind, wenn es um Zufriedenheit geht, sehr unterschiedlich.

Ein Freund erzählte mir, er habe eine der schönsten Zeiten seines Lebens gar nicht als solche erlebt. Seine Frau hatte ihn verlassen, sie lebte mit den Kindern plötzlich mit einem anderen Mann in ihrer Heimatstadt, er holte die Kleinen oft freitagnachmittags vom

Flughafen ab, brachte sie sonntags wieder dorthin und fuhr dann mit der S-Bahn unauffällig weinend wieder in die Stadt zurück. Aber nach einem Jahr lernte er seine heutige Frau kennen, sie waren sehr, sehr verliebt. Aber natürlich war alles auch elend schwierig. Er war innerlich zerrissen, weil er das Gefühl hatte, nicht genug für die Kinder da zu sein, während seine Ex-Frau plötzlich Schwierigkeiten ohne Ende machte, obwohl doch sie es war, die ihn verlassen hatte. Er habe damals seinem Bruder sein Leid geklagt, und der habe geantwortet: Aber vielleicht ist dies gerade eine der schönsten Zeiten deines Lebens, voller Gefühl, ohne jede Leere, und du wirst es erst später wissen. Also achte auf das, was du gerade erlebst, habe der Bruder gesagt.

Und er habe recht gehabt. Er sei einige Monate lang sehr zufrieden gewesen, habe es aber sozusagen gar nicht mitbekommen.

Aber das wisse er, sagte mein Freund, so richtig eigentlich erst heute.

Woran sich die Frage anschließt: Kann man im Rückblick glücklich sein?

Ja, hat mein Freund gesagt, offensichtlich kann man es. Aber man könne natürlich auch versuchen, sein Leben in der Gegenwart immer sehr genau anzuschauen, statt es einfach so, wie soll ich sagen?, *wegzuleben*. Er kenne, hat er auch gesagt, nicht wenige, die ihr Leben in einer Sehnsucht nach etwas anderem verbrächten, ohne sich wirklich klarzumachen, was dieses andere denn eigentlich sei, Menschen also, die in einem diffusen Wünschen verharrten, das sie unglücklich mache – und die darüber ganz vergäßen, das Gute, das Schöne und das Wahre ihres tatsächlichen Lebens anzuschauen und zu würdigen.

Jetzt aber noch mal zum Schwertschlucken.

Hat man nämlich einen Menschen drei Mal ein Schwert in sich hineinstecken sehen, denkt man sofort: und jetzt? Was kann er noch so, der Schwerterversenker?

Also gab es, erzählt Mannix, Leute, die sich zum Beispiel einen Regenschirm in den Rachen steckten, um die Angelegenheit ein bisschen zu variieren und interessanter zu machen, und tatsächlich – ja, ich ahne Ihre Frage und nehme die Antwort vorweg – gab es auch einen, bei dem sich der Schirm in der Speiseröhre öffnete, bitte, Mannix schreibt nicht, was aus diesem Mann tatsächlich wurde, vielleicht ist das besser.

Sagen wir so: Ich persönlich halte die Lebensfreude eines Mannes mit einem sich spreizenden Regenschirm in der Speiseröhre für überschaubar.

Ich versuche immer, mir vorzustellen, was das für ein Gefühl ist: morgens aufzuwachen und zu wissen, heute Abend werde ich mir wieder einen Regenschirm in die Kaldaunen schieben, und vielleicht wird er aufgehen, und ich werde draufgehen – jedoch: Wenn ich es gut und richtig mache, werden die Leute klatschen und mich bestaunen, weil sie erstens nicht verstehen, wie das überhaupt geht, was ich da tue, und weil sie zweitens noch weniger verstehen, wie einer ein Leben führen kann, das er Abend für Abend nicht nur irgendwie aufs Spiel setzt, sondern bei dem er riskiert, *coram publico* zu verrecken, und weil sie drittens – und jetzt wird es bitte schön noch mal richtig interessant – doch möglicherweise außerordentlich schätzen, dass jemand für *ihr* Staunen und *ihre* Verwunderung und *ihren* Beifall *sein* Leben riskiert. Dass ihm also (verstehen Sie, was ich meine?) der Zuspruch dieser Leute so außerordentlich wichtig ist, dass er notfalls in seiner Sehnsucht danach abkratzen möchte, bitte, das muss doch das Selbstwertgefühl des zahlenden Publikums schon sehr heben, nicht wahr?

Herrje, ich muss mich mal umhören, ob nicht irgendwo mal ein Schwertschlucker das Zeitliche gesegnet hat, das wären alles schöne Gedanken für einen opulenten Nachruf. Und für diese Rede wäre ja ein Satz von der Art vielleicht auch nicht unwichtig: dass *ein gelungenes Leben* nicht gut möglich ist, wenn man sich vom Beifall der anderen abhängig macht. Insofern sollte man sein eigenes Dasein vielleicht immer wieder daraufhin anschauen: Schlucke ich Schwerter, weil es die anderen wollen? Oder will ich irgendwas daran auch selbst, das Abenteuer, den Kitzel, das Leben an einer Grenze?

Man sagt immer, die Leute wollen einen Nervenkitzel, aber in Wahrheit geht es *darum*, sage ich Ihnen. Sie wollen, dass man sich für ihr kleines bisschen gönnerhaftes Klatschen die Speiseröhre perforiert, wenn es sein muss, jedenfalls: Sie wollen, dass man dieses Risiko eingeht.

Für sie!

Die Menschheit ist schon, also, wenn man es sich genau überlegt, ich meine … Es können einem Zweifel kommen.

An der Menschheit, bisweilen.

Wobei, *Menschheit*, das Wort hatten wir ja gestrichen, oder?

Andererseits jetzt mal die Frage: Gibt es eigentlich überhaupt noch Schwertschlucker?

Wo treten solche Leute noch auf, ist das am Ende gar nicht mehr genehmigungsfähig bei den Behörden? Muss da vorher der TÜV die Schwerter prüfen und ein Medizinischer Sachverständiger die Innenhäute des Artisten, ob sie der Belastung überhaupt gewachsen sind, und muss das Gesundheitsamt sich der Frage widmen, ob der Säbel ordnungsgemäß desinfiziert wurde? In Spanien wird ja immerzu über das Verbot des Stierkampfes diskutiert, auf den Kanaren ist er, glaube ich, ganz untersagt, interessanterweise aber nicht wegen der Selbstgefährdung der Toreros durch Stiere, sondern aus Gründen des Stierschutzes. Also, wenn jetzt ein Schwertathlet beabsichtigen würde, einem x-beliebigen Tier sein Schwert in die Speiseröhre gleiten zu lassen …

Na, funktioniert ja eh nicht!

Vom Standpunkt des Säbelvertilgers aus gesehen geht es natürlich um eine gewisse Sucht nach körpereigenen Substanzen, die im Angesicht der abendlichen Gefahr nun mal in erhöhtem Ausmaß ausgeschüttet werden, sodass man den Artisten im Grunde genommen auch als eine Art Junkie sehen kann, der aber – im Unterschied zu anderen Junkies – nicht auf den illegalen Drogenmarkt angewiesen ist, sondern sich seinen Stoff selbst produziert und damit sogar noch das Eintrittsgeld der Leute verdient.

Nicht anders ist das doch bei Großfußballern oder bei denen, die in Politik und Wirtschaft die größeren Räder drehen: Die Leute haben im Prinzip ihren eigenen Körper zu einer Dopingmittelfabrik umgebaut, Adrenalin und so.

Die Typen an der Spitze: alles Süchtige.

Ich könnte stundenlang solche Sachen aus dem Buch erzählen, aber ich beschränke mich jetzt darauf, was ich am wichtigsten finde.

Denn die Steigerung des ganzen Schwertgeschluckes besteht ja nicht nur im Runterwürgen immer größerer, manchmal sogar rot glühender Schwerter, sondern auch zum Beispiel im Uhrenschlucken, wobei dann, können Sie alles bei Mannix lesen, Zuschauer am Bauch des Artisten lauschen dürfen, ticktack, ticktack … Das Ticken zu vernehmen ist dann ein gewisser Beweis dafür, dass die Uhr auch tatsächlich unten angekommen ist, bei Schwertern bleibt ja, unter uns gesagt, immer ein letzter Zweifel; die Klinge könnte zum Beispiel eine sein, die sich oben, also am Halsbeginn, einfach zusammenschiebt wie früher die Antenne eines Transistorradios – und deren Spitze also nie den Magen erreicht.

Der ultimative Beweis aber für das Verschlucktthaben, so Mannix, sei gegeben, wenn man eine Neonröhre verspeise, die man dann anknipse.

Der Erfinder dieser Sache nannte sich *Prince Neon*, letztlich starb er dann auch bei einer solchen Vorführung; die Neonröhre zerbrach eines Tages in seinem Leib – schwer, so etwas zu überleben.

Mannix begann selbst, damit zu üben, wobei man wissen muss, dass sich das nicht mit einer einfachen Neonröhre machen lässt, weil sich die elektrischen Kontakte an beiden Enden befinden und man also ein Kabel mitschlucken müsste, Sie verstehen, was ich meine.

Man benötigt mithin eine u-förmig gebogene Röhre.

Die musste er, Mannix, sich erst besorgen, um das Ganze dann vor einem Freund auszuprobieren, warten Sie, ich muss blättern, wo ist denn die Szene? Ich hatte es mir eingemerkt, ein roter Zettel, hier.

Eingemerkt, ist das nicht ein schönes Wort?

Steht das eigentlich im Duden?

Warten Sie, warten Sie …

Nein.

Ich habe das Wort hier von meiner Frau gelernt, *ich habe mir im Buch ein Einmerkerl gemacht,* sagt meine Frau oft, ist das nicht rührend?

Also hier ist der Zettel, der rote, das *Einmerkerl*. Und hier ist die Szene.

»Hat es durch meinen Brustkorb geleuchtet?«, fragte er danach.
»Mein Junge, du hast geleuchtet wie ein jack-o'-lantern.« (Das ist: ein Halloween-Kürbis.)
Und bald trat er dann damit vors Publikum, mit freiem Oberkörper, im dunklen Zelt, auf nur von Fackeln erleuchteter Bühne.
»Es war eine Sensation ... Als meine Brust leuchtete, mussten zwei Frauen rausgetragen werden, und ein Kind wurde so hysterisch vor Angst, dass seine Eltern später den Jahrmarkt-Veranstalter verklagten.«

Unglaubliches Bild, was? Ein Mann auf einer Bühne, der von innen leuchtet, neben dessen Herz also eine Lampe angeknipst wird, sodass er strahlt! Manchmal stelle ich mir vor, es wäre dem Menschen möglich, auch ohne sich die Qualen des Röhrenschluckens aufzuerlegen, einfach so: zu leuchten im Dunkeln.

Ich werde dieses Bild nicht mehr los: Ein Mann spaziert einsam durch einen Park, er geht um einen Teich herum, sein Körper leuchtet rot wie eine Lampe, sein Hund geht neben ihm, der leuchtet gelb, und dann verliert sich dieses Leuchten irgendwann hinter den Bäumen, rot und gelb und weg.

Also, bitte, vergessen Sie alles, was ich über das Schwertschlucken und dieses Buch erzählt habe. Ich habe es nur aus Freude am Erzählen erzählt und weil man ja auch dies und jenes über die Menschen daraus lernen kann, wie man vielleicht gesehen hat. Es sagt etwas aus über uns, dass wir Menschen dabei zusehen, wie sie Schwerter in sich hineinstecken. Es bedeutet etwas, dass Menschen vor anderen so etwas tun.

Aber es ist nicht so wichtig.

Eigentlich wollte ich nur auf dieses Bild hinaus.

Der einsam leuchtende Mann.

Es gibt viele Leute, die irgendwann in all den Jahren sozusagen aus meinem Leben gekippt sind und ich ja übrigens auch aus ihrem: Sie waren eine Zeit lang da, und auf einmal sind sie nicht mehr da, und ich meine das jetzt im Kleinen und im Großen. Diese schemenhaften Gestalten, die auftauchen, wenn du dein Leben durchgehst, die gab es mal ganz nah bei dir, ganz zentral.

Und plötzlich waren sie wieder weg.

Seltsam, nicht?

Aber irgendwo müssen sie noch sein.

Als ich neun oder zehn war, hatte ich zum Beispiel einen Freund, mit dem ich jeden Nachmittag verbrachte, wir waren immer draußen, im Wald, in den Gärten der Nachbarschaft, manchmal stürzten wir zwischendurch in das Haus seiner Eltern. Meiner Erinnerung nach stand da in der Küche immer ein Kuchen, da schnappten wir uns jeder ein Stück und aßen, dann ging es wieder raus. Und natürlich lasen wir Karl May, über *Winnetou* und *Old Shatterhand*, keiner liest das heute noch, aber wir zogen uns das rein, wie die Leute heute, sagen wir, *Game of Thrones* konsumieren, und wir lasen von der Blutsbrüderschaft der beiden. Also nahmen wir eines Nachmittags ein Taschenmesser und ritzten uns die Daumenballen auf, pressten die blutenden Stellen aneinander, sodass sich das Blut vermischte, also bitte: *so ein bisschen*. Was ja bei May bedeutete, dass man von nun an ein Leben lang immer zur Stelle sein musste, wenn der andere in Gefahr geriet, bereit, das eigene Leben für den anderen zu opfern.

Das schworen wir uns auch.

Ich glaube, die Freundschaft endete mit dreizehn oder vierzehn, und seit knapp fünfzig Jahren haben wir uns nicht mehr gesehen, er muss in Rente sein, davor war er bei der Bäderverwaltung hier in unserer Stadt, ein seltsames Gefühl, dass irgendwo da draußen bei den Bäderverwaltern ein Blutsbruder lebt, von dem du nichts, aber auch gar nichts mehr weißt. Du schwimmst im Schwimmbad, durchkraulst das Becken und denkst nicht eine Sekunde daran, dass dieses Gewässer hier, genau in dem Moment, in dem du es durchmisst, von deinem Blutsbruder verwaltet wird.

Blutsbruder. War damals heiliger Ernst.

Ich stelle mir vor, ich wäre in einer schwierigen Situation und wüsste mir nicht mehr zu helfen, und dann riefe ich einfach meinen Bäder verwaltenden beziehungsweise nun seine Rente verzehrenden Blutsbruder von damals an und sagte:

Erinnerst du dich, Bruder? Ich brauche deine Hilfe!
Was dann wohl wäre?

Übrigens hoffe ich sehr, dass ich von seinem Tod rechtzeitig erfahre, denn dieser Mann darf nicht ohne meinen Nachruf sterben!

Manchmal passiert es aber tatsächlich, dass sich einer dieser Schatten aus der Vergangenheit wieder bei dir meldet und Konturen annimmt, aber es ist eine ganz andere Gestalt, als du je gedacht hättest.

Also, auf einmal ist da: *ein einsam leuchtender Mann*. Einer, den du schon fast vergessen hattest, den das Schicksal aber wieder in dein Leben spült, also: Du schaust quasi abends noch mal aus dem Wohnzimmerfenster auf die Straße hinaus, einfach so, vielleicht, weil du noch etwas frische Luft schnappen wolltest – und da siehst du ihn. Da geht er. *Da leuchtet er.* Und du kannst ihn nicht übersehen.

Ich habe früher Basketball gespielt, irgendeinen Vorteil muss es ja haben, dass man 1,95 Meter groß ist wie ich, wobei das ja für einen Basketballspieler *nichts* ist, da gehört man zu den Zukurzgeratenen, aber ich habe damit angefangen, als ich noch klein war, mit elf nämlich, weil wir einen Erdkundelehrer hatten, der Vorsitzender eines Basketballvereins war. Außerdem war er ein bisschen irre, das heißt, sehr häufig redete er im Erdkundeunterricht nicht über Erdkunde, sondern über Basketball, was für mich, weil ich mich schon immer für Sport interessierte, interessant war. Aber für die Unsportlichen war es pure Qual. Für die war selbst Erdkunde spannender.

Außerdem lud er uns zum Jugendtraining seines Klubs ein, ich bin also dahin und dann dabeigeblieben – was übrigens meiner Erdkundenote zuträglich war. Jeder, der Basketball spielte, bekam mindestens eine Zwei bei diesem Mann, er brauchte dazu nicht mal zu wissen, ob Kyoto in Japan liegt oder in China.

Jedenfalls habe ich auch als Erwachsener noch lange Basketball gespielt, noch heute ist dieser Hallengeruch nach Männerschweiß, Gummisohlen und Plastikbällen, dieses kurz abbrechende Quietschen der Schuhe auf dem Hallenparkett, dieses Pummmpummmmpummmm der Bälle und ihr leises Rauschen durchs Korbnetz – also, ich liebe das, oder jedenfalls weiß ich, dass ich es mal geliebt habe. Und natürlich mochte ich auch dieses Zusammenhalten einer Mannschaft, wobei: Da sind wir jetzt beim Thema.

Denn das Interessante ist ja, dass sich dieses Zusammenhalten wirklich nur auf das Spiel bezieht. Verlässt man das Feld, die Halle, die Kneipe, in der man nachher zusammensitzt, also *bei uns* war es dann vorbei, ich weiß nicht, wie es *woanders* ist, ich weiß es nur *von uns. Wir* wussten eigentlich nichts voneinander, außer: was einer auf dem Feld kann und was nicht.

Irgendwann war das zu Ende, für mich, ich ging nicht mehr hin, keine Zeit, keine Zeit, die viele Arbeit und so weiter. Aber einer blieb mir erhalten, Schlüter.

Der war mein Steuerberater geworden, jedoch nur eine Zeit lang, dann hatte mein jüngster Cousin seine Ausbildung beendet, eröffnete eine Kanzlei – was blieb mir übrig? Der übernahm die Sache.

Von Schlüter war nichts mehr zu hören.

Bis eben eines Tages eine Mail kam.

Schlüter.

Er suche eine Wohnung, weil …

Und dann: unglaubliche Geschichte, ehrlich, aber natürlich nur in Kurzform von ihm erzählt, in dieser Mail.

Also bat ich ihn, sich mit mir zu treffen, um mir *alles* zu berichten, und am nächsten Tag trafen wir uns. Er erzählte. Wobei ich ihn erst mal gar nicht wiedererkannte, er war ein bisschen in die Breite gegangen, seine Augen waren sehr müde.

Aber er hatte immer so ein plötzlich aufflammendes Lächeln gehabt, das sich rasch über das ganze Gesicht ausbreitete.

Und das war noch da. Bloß nicht mehr so oft.

Er hatte sein Büro zuletzt in einer größeren Kanzlei mitten in der Stadt gehabt, aber dann verlor er Stück für Stück die Kontrolle über sich und seine Arbeit, ich vermute, dass er depressiv wurde, aber er ging ja nie zum Arzt oder einem Therapeuten, also gab es keine Diagnose und auch keine Hilfe. Nur machte er einfach seine Arbeit nicht mehr, die Dinge blieben liegen, die Mandanten verschwanden, er verdiente kein Geld mehr, konnte irgendwann die Miete nicht mehr zahlen. Natürlich verlor er die Wohnung,

Zwangsräumung, der Gerichtsvollzieher nahm seine gesamte Habe mit, Insolvenz, Offenbarungseid, das ganze Programm. Dann ging ihm auch die Zulassung als Steuerberater verloren, das hing mit dem Offenbarungseid zusammen.

Schlüter stand auf der Straße.

Und das Verrückte war: Er erzählte niemandem davon. Nicht, dass er keinen gehabt hätte, dem er es hätte erzählen können, immerhin hatte er einen sechzehnjährigen Sohn, mit dessen Mutter er zwar nicht mehr zusammenlebte, mit der er sich aber doch gut verstand.

Und die Leute vom Basketball?

Ja, wie gesagt, was weiß man schon voneinander? Und beim Basketball geht es sowieso darum, möglichst berührungslos aneinander vorbeizukommen.

Mein Freund hatte einen Schlüssel behalten von der Steuerkanzlei, in der er lange sein Büro gehabt hatte. So ging er da nachts um elf oder zwölf Uhr hinein und morgens um sechs, bevor irgendjemand kam, wieder hinaus. Schlief unter seinem alten Schreibtisch, weil er sonst nicht wusste wohin, was gar nicht so leicht war, wie er erzählte, also: unter dem Schreibtisch zu schlafen.

Schlüter ist ja auch kein Zwerg, als Basketballer. Und sein Schreibtisch war Normalgröße.

Tagsüber hielt er sich in den Parks und Museen der Stadt auf, ein bisschen Geld hatte er noch.

Sie werden nicht glauben, woher …!

Tatsächlich hatte er, kurz bevor es endgültig bergab

ging, 350 Euro im Lotto gewonnen. Die retteten ihn über jene Monate, in denen er unentwegt die Stadt durchstreifte und in denen er von einer Banane und einem Liter Buttermilch täglich lebte, dazu einmal pro Woche, als Ernährungshöhepunkt, einer Portion Leberkäs' an einem bestimmten Imbissstand, den er schon früher immer besucht hatte.

Aber eines Abends fand er auf dem Schreibtisch, unter dem er sich gerade sein Lager bereiten wollte, einen Zettel.

Wir wissen, dass Sie hier sind, Herr Schlüter, bitte geben Sie nun den Schlüssel zurück!

Da war klar, dass es nun auch mit dieser Zufluchtsstätte vorbei war.

Und jetzt meldete er sich wieder bei seiner Familie. Jetzt begriff er, was er ihr und besonders dem vollständig verzweifelten Sohn eigentlich angetan hatte, indem er drei Monate lang unauffindbar, aber doch ganz in der Nähe gewesen war.

Seitdem lebt er von der Sozialhilfe.

Er verbrachte viele Monate in einem Männerwohnheim, drei Mann in einem Raum irgendwo am Stadtrand, er sagt, so schlimm sei es nicht gewesen, er habe das doch aus dem Internat gekannt. Aber das war ja lange her, das Internat.

Ein paar Wochen nachdem wir uns getroffen hatten, fand er eine Wohnung, die ihm der Staat finanziert, klein, laut, an einem sechsspurigen Stadtring gelegen. Woche für Woche kann man eine Schicht Dreck frisch vom Fensterbrett kehren, so schmutzig ist es da. Er trifft wieder regelmäßig seinen Sohn. Er arbeitet ein bisschen für einen Freund, offiziell Geld verdienen darf er ja nicht, der Staat würde es gleich wieder einsammeln, also was soll's? Er hat was zu tun, und es macht ihm ein bisschen Spaß.

Ein wichtiger Punkt ist übrigens, dass man immer nur dort über *das gelungene Leben* spricht, wo es tatsächlich gelungen ist, oder sagen wir: wo etwas geschehen ist, das wir für gelungen halten. Denn bei diesem bevorstehenden achtzigsten Geburtstag: Ja, das sieht alles sehr gelungen aus. Aber ist es das auch wirklich? Können wir das beurteilen von außen? Projizieren wir da vielleicht nur unsere eigenen Fantasien auf ein anderes Leben?

Jedenfalls: Schlüter in seiner kleinen umlärmten Behausung wird vermutlich keinen achtzigsten Geburtstag in einem großen Kreis feiern, bei dem Reden gehalten werden, von wem auch? Aber: Wäre das nicht auch zu würdigen? Wäre nicht *gerade das* zu feiern, in einer Festtagsrede? Das Leben von Menschen, die – jeder für sich – den Kampf aufnehmen, die fast ganz umgehauen wurden von einem Lebenssturm, sich wieder aufrappelten und nun durchs Leben ackern? Ich bewundere an ihm eine heitere Gelassenheit, mit der er seine Lebensschläge hinnimmt, aber wenn ich ehrlich bin, habe ich natürlich keine Ahnung, was in ihm wirklich los ist. Ich sehe, was ich sehe. Aber es ist vielleicht auch ein bisschen das, was ich sehen möchte.

Ich will Sie jetzt mal etwas fragen: Was halten Sie von Flucht? Aus dem Alltag, meine ich, aus dem täglichen Leben?

Sie müssen wissen, dass ich das liebe, zu manchen Zeiten jedenfalls, meistens im Herbst oder im Winter. Die Dinge sind dann nicht anders zu ertragen als durch Vergessen, Sichverabschieden in eine andere Wirklichkeit, also in Bücher, ja, aber nur die dicken Dinger, die nicht so schnell aufhören. Auch derentwegen bin ich mal Bibliothekar geworden.

Ich nenne ein paar Namen.

Dostojewski, Tolstoi, Zola, Dickens, Dumas, Balzac, Melville, Mann, Keyserling, Fontane, Zweig.

Vor einer Weile las ich Donna Tartts *Der Distelfink*, da war ich wochenlang verloren für die Wirklichkeit, und es war großartig! Theodore Decker, der bei einem Bombenanschlag im *Metropolitan Museum* in New York seine Mutter verliert und inmitten der Verwüstung einem Sterbenden namens Welton Blackwell beisteht, dann Carel Fabritius' Gemälde *Der Distelfink* von der Wand einpackt und einfach so mitnimmt in sein weiteres Leben, und dann …

Sie haben es noch nicht gelesen?

Gut.

Kein Wort mehr in diesem Fall.

Ich meine, solche Möglichkeiten hat man nur als Mensch. Kein Frosch zum Beispiel, der sein Lurchleben leid wäre, könnte daraus in ein Buch fliehen. Er ist seinem Tümpeldasein ausgeliefert, mag es noch so öde, blöde, dröge sein. Auch Fabritius' Distelfink zum Beispiel steht auf dem Bild ja angekettet auf seinem Kästchen, er kann nicht weg, in keiner Weise.

Aber *wir* können! *Ich* kann!

Es gibt ja seit Längerem auch noch andere Möglichkeiten, Sie wissen, was ich meine?

Serien.

Bloß besteht hier die Gefahr, dass man nicht mehr nur flüchtet, sondern sich komplett verabschiedet und also praktisch sein Leben mit Seriengucken verbringt und dieses *Watcher*-Dasein nur noch zum Arbeiten verlässt, nicht mal mehr zum Essen, weil man ja auch vor dem Bildschirm Nahrung aufnehmen kann.

Ist mir öfter so gegangen.

Bei *Breaking Bad* natürlich, auch *The Wire*, *Mad Men*, dann *Homeland* selbstverständlich und *Bloodline*, auch *Fauda*, eine großartige israelische Serie, nebenbei gesagt. Und natürlich gleich zu Anfang, bei der Ur-Serie, den *Sopranos*.

Ich meine, die *Sopranos* sind eine klassische Familiengeschichte, das hat mich immer besonders angesprochen, weil ich ein Familienmensch bin. Es geht um eine ganz normale Familie in New Jersey, nur dass sehr viele Familienmitglieder eben Verbrecher sind, das ist schon alles. James Gandolfini hieß der Hauptdarsteller, er spielte Tony Soprano, den Chef: gebrochener Charakter, wohlhabend, aber nicht glücklich, von Panikattacken so gequält, dass er psychotherapeutische Hilfe sucht.

Und die Frage, die sich hier stellte, war: Lohnt sich Verbrechen? Lohnt sich Macht? Lohnt es sich, der zu sein, der über Leben und Tod anderer entscheidet?

Gelungenes Leben, ja, da sind wir wieder bei unserer Frage, was?

Was bedeutet denn: *sich lohnen*?

Natürlich lohnt es sich, das Verbrechen zum Beispiel, aber nicht nur das: Ganz allgemein kann es sich lohnen, ein schlechter Mensch zu sein. Sehr sogar. Man hat Geld. Man kann tun, was man will. Jeder Psychologe kann Ihnen erklären, dass auch die Vorstandsetagen großer Firmen voll sind von Psychopathen, für die sich das Leben sehr gelohnt hat, rein materiell gesehen jedenfalls.

Tony geht manchmal bei einem familiären Zusammensein aus dem Zimmer, um nebenan etwas sehr Schlimmes zu erledigen, dann ist er wieder da.

Kann man alles machen, wenn einem danach ist und einem die nötige Mischung von Brutalität und – wie soll ich sagen? – handwerklicher Geschicklichkeit gegeben ist.

Nur, so zeigt es jedenfalls die Serie: Glücklich wird man damit nicht. Derjenige, der die Serie gemacht hat, wie hieß er noch … warten Sie … David Chase, genau, David Chase also hat mal – in *Vanity Fair* war das zitiert, wenn ich mich recht entsinne – gesagt, Tony sei ein extrem isolierter, unglücklicher Mann, der nur manchmal habe Glück empfinden können, wenn er zu seiner Familie einen Kontakt aufbauen konnte, aber das hielt nie an, das bekam man auch selten zu sehen, verstehen Sie?

Die Verbindung zum Leben, die wurde immer wieder gekappt, die hielt nie wirklich, und das ist es eben, worauf es ankommt.

Dass man anderen Menschen verbunden ist.

Ich komme darauf noch zurück, ausführlich.

Aber sehen Sie, ich steckte eine Weile so tief in den *Sopranos* drinnen, dass mir manche von denen wie eigene Familienmitglieder vorkamen.

Übrigens, wie die schon hießen!

Silvio Manfred Dante, Bobby Baccalieri, Patsy Parisi, Salvatore »Big Pussy« Bonpensiero, Richie Aprile, Furio Giunta, Vito Spatafore, Carmine Lupertazzi.

Gott, man möchte sich ein Schaumbad einlassen mit diesen Namen!

Also, jedenfalls, ich fühlte mich wie einer von denen. Ich litt, wenn einer von ihnen um die Ecke gebracht wurde, als wäre ein enger Verwandter aus meinem Leben gerissen worden, so litt ich, na gut, wir wollen nicht übertreiben, so schlimm war es nicht, aber Sie wissen, was ich meine. Ich hätte mich nicht gewundert, wenn ich plötzlich selbst in irgendeiner kleinen Nebenrolle zu sehen gewesen wäre, ja, ich hätte sogar alles dafür gegeben, da zu sitzen, Spaghetti zu essen neben Sil Dante, bitte.

Es gibt da eine Folge, in der Tony Soprano seinen Protegé Christopher Moltisanti, den er einerseits liebt und zu einem seiner wichtigsten Leute befördert hat, der aber andererseits dem Geschäft mit seiner Unberechenbarkeit und seiner Heroinsucht gefährlich wird, es gibt da also diese Folge, in der er Christopher umbringt; er erdrosselt oder erstickt ihn, ich weiß nicht mehr so genau.

Auf jeden Fall: Christopher ist tot!

Was habe *ich* gemacht?

Ich schrieb einen Nachruf.

Und der erschien auch.

War nicht ganz einfach, kann ich Ihnen sagen.

Der Chefredakteur war damals ein Serien-Ignorant, er war fernsehmäßig auf dem Stand von *Forellenhof* mit Hans Söhnker, wobei ich das als Kind geliebt habe, *Forellenhof* meine ich.

Aber als Kind eben.

Der Chefredakteur sagte: Das können Sie nicht machen, einen Nachruf auf eine fiktive Person!

Und ich: Was heißt schon *fiktiv*? Erklären Sie mir doch mal, was *fiktiv* bedeuten soll im Fall von Christopher Moltisanti und mir!

Und er: Nächstens schreiben Sie noch nach einem *Tatort* einen Nachruf auf das Opfer!

Und ich: Sie wollen den *Tatort* mit den *Sopranos* vergleichen?

Und er: Warum nicht?

Und ich: Halten Sie auch *Schuld und Sühne* für gleichwertig mit Utta Danellas *Kuss des Apollo*?

Und er: Sie vergleichen Ihre *Sopranos* mit Tolstoi?

Und ich: *Schuld und Sühne* ist von Dostojewski.

Und er: Na gut …! Aber nur dieses eine Mal!

Und so geschah es, also: Dieses *Na gut* geschah. Aber eben nicht nur dieses eine Mal.

2007, als die finale Episode rauskam, *Die Sopranos*

schlagen zurück, da habe ich am Ende einen Nachruf auf Tony Soprano geschrieben, was riskant war, denn das Ende ist ein bisschen offen, also, so richtig weiß man nicht, ob Tony wirklich tot ist. Wobei für mich klar war, dass er erschossen wurde, aber man kann das auch anders sehen, vor allem, wenn man der Regisseur ist und Geld braucht und plötzlich doch noch eine Staffel drehen will oder soll.

Egal, man muss seinen Überzeugungen folgen. Und ich sagte doch: *Die Toten der Woche*, das ist wirklich konsequent! Und ich sage noch was: Konsequenz zahlt sich aus!

Der Chefredakteur war still. Er sah inzwischen selbst die *Sopranos*.

2013 starb James Gandolfini, der Hauptdarsteller.

Da habe ich noch einen Nachruf verfasst.

Noch mal ein paar Worte zum Glück.

Die Leute reden immer über Glück, wir waren ja auch schon bei dem Thema. Aber sie meinen das Glücklich*sein*.

Wovon ich jetzt doch mal sprechen möchte, ist das Glück*haben*. In jeder Buchhandlung finden Sie komplette Regale zugestellt mit Büchern über das Glücklich*sein*.

Wie finde ich das Glück im kleinen Moment? Wie bin ich glücklich mit meinem Partner? Wie gestalte ich einen glücklichen Tag?

Pipapo.

Alles schön und gut, aber was immer vergessen wird: Du kannst nur glücklich *sein*, wenn du Glück *hast*.

Anders gesagt: Du darfst kein Pech haben. Du musst schon um die Ecke sein, wenn das Pech auftaucht, du musst dich zufällig woanders aufhalten, wenn der Ziegel vom Dach fällt, du musst jemand haben, der dir sagt, dass du eine Therapie brauchst, du musst im Raum sein, wenn die Chance deines Lebens aufgerufen wird, und du solltest vorne in der Schlange stehen, wenn die guten Gene ausgeteilt werden.

Auch sollte dir jemand sagen, dass du ein Feigling bist, wenn du einer bist.

Noch mal anders gesagt: Wenn du ein gutes Leben hast, solltest du dir nicht viel darauf einbilden.

Das muss nicht dein Verdienst sein.

Vor ein paar Jahren ist ein bedeutender Wirtschaftsmanager gestorben, und ich habe, obwohl Wirtschaftsmanager normalerweise nicht meine Stärke sind, gedacht: Nachruf! Ich habe mir erlaubt zu schreiben: großer Mann, keine Frage, hat Bedeutendes geleistet. Aber dann: *Glück hatte er auch.* Er kam nicht gerade aus kleinen Verhältnissen, hatte also schon immer etwas Geld an den Füßen, wie man so sagt, heiratete auch nicht gerade eine Frau aus den Armutsvierteln, hat sein Unternehmen übernommen, als die Chancen in dieser Branche auf der Straße lagen. Und gab die Leitung ab, als es nicht mehr so war, man trennte sich, wie es dann heißt, eigentlich ein Sturz, ein Fall – aber schön gepolstert mit einer Abfindung, die zum Beispiel in der Krankenpflegebranche nicht angesagt wäre, jedenfalls nicht beim Personal, das an den Betten arbeitet.

Er war klug genug, dieser Manager (so war auch in meinem Text zu lesen), mit großen Taschen in den Händen auf die Straße zu treten, als es Glück regnete. Muss man auch können. Ist aber nicht unbedingt die ganz große, wagemutige, von Entbehrungen begleitete *Leistung*, oder?

Na, da war was los!

Der Chefredakteur rief mich an, die Witwe habe ihm eine halbe Stunde lang per Telefon ins Ohr geweint, er sei zufällig bekannt mit der Dame, sie habe ihm also das Gehör vollgeschluchzt nach dem Motto: in dieser schweren Stunde! Und ob ich denn noch?! Und ob ich denn nicht?! Und wann ich denn?!

Ich hab's überstanden, sehen Sie ja.

Vor ein paar Tagen komme ich morgens sehr früh beim Archivar des Bedeutungslosen vorbei, um meine Zeitungen zu holen, noch in meinen Joggingsachen, weil ich gerade unten am See unterwegs war, da sagt er zu mir:

Heute nicht mit dem Rennrad unterwegs?

Bei dem Regen fahre ich nicht gern Rad, da laufe ich lieber.

Gut so, immer mal was Neues beim Sport! Der Körper darf nie wissen, was kommt.

Der Körper darf nie wissen, was kommt.

Das hat mir gefallen, du holst die Morgenblätter, bist nass von Regen und Schweiß, noch vor dem Frühstück, und dann kommt er einem so nebenbei mit dem Leib-Seele-Problem. Dass also die Seele praktisch dem Körper immer mal wieder etwas Unerwartetes bescheren muss: Er ist noch auf Radfahren eingestellt, der Körper, da geht es zu Fuß los. Das hält ihn in Spannung, den alten Freund, im Ungewissen, also frisch.

Das Leben als Körperüberraschung.

Andererseits weiß dein Körper wahrscheinlich Sachen, von denen du noch gar nichts ahnst. Ein Freund hat mir erzählt, er habe jemand gekannt, der mit der Zunge irgendwo in seinem Mund zwischen zwei Zähnen eine kleine Erhebung entdeckt habe, so eine Art Pickel. Und zwei Monate später sei er tot gewesen, dieser Bekannte.

Mundkrebs.

Seitdem suche er oft mit der Zunge in der Mundhöhle herum, um seinem Körper auf die Schliche zu kommen, hat mein Freund gesagt. Es quäle ihn, dieses Zungengestöber. Aber er könne nicht anders.

Was hat dein Körper vor? Welche Pläne hegt er?

Wie gesagt: Leib-Seele-Problem. Jemand, der glaubt, seinem Körper eine Überraschung bereiten zu können, muss an den Dualismus von Leib und Seele glauben, nicht wahr, also, das ist Platon, wenn ich mich recht entsinne. Wenn die Seele den Körper verlassen kann, dann existiert sie unabhängig von ihm.

Was ich nicht für wahrscheinlich halte, aber wen interessiert schon, was ich für wahrscheinlich halte?!

Jedenfalls, letztlich ist doch vermutlich, was wir Seele nennen, auch nur ein Produkt von Körpervorgängen, und wenn in deinem Körper nichts mehr los ist, dann ist es auch mit der Seele vorbei.

Die Seele weiß auch nie, was kommt. Weil sie eben im Körper lebt. Oder dort baumelt.

Alles andere ist Illusion, weil wir die Kränkung durch den Tod nicht aushalten, oder sagen wir mal so: Es ist ja weniger der Tod, der uns kränkt, als die Tatsache, dass das Leben der anderen danach weitergeht. Und weil wir die Angst vor dem Tod nicht ertragen. Ich habe mal gelesen, je weniger Angst es in einer Gesellschaft gibt, desto weniger religiös seien die Leute.

Angst macht gläubig, ist auch logisch, nicht wahr?

Und das ist etwas, was mich manchmal wütend macht: dass die Leute aus schierer Angst diese ganzen Glaubensgebäude errichten, ihre in Wahrheit doch vollständig absurden, aber bis ins Letzte ausgefeilten Quatschkonstruktionen von der unbefleckten Empfängnis oder der Zahl der Kalifen in der Nachfolge Mohammeds, und dass sie aber dann auf jeden, der ihren Angstgebilden nicht zu folgen bereit ist, herabblicken, bestenfalls milde, im schlimmsten voller Kampfeswut.

Was glauben Sie, was für mitleidige Briefe alter Damen ich manchmal bekomme, wenn ich in einem

Nachruf durchblicken lasse, dass ich an ein Leben nach dem Tode nicht glaube und an Gott auch nicht.

Ich wünsche Ihnen sehr, dass auch Sie zum Glauben finden!

Sie müssen Gott suchen, dann erkennen Sie ihn!

Ich bete für Sie, damit Sie die Wohltaten unseres Herrn sehen können!

Ja, schön wär's!

Andererseits: Wenn jemand im Glauben seinen Weg findet, um mit diesem Leben irgendwie fertigzuwerden – was ist dagegen zu sagen? Solange er mir nicht den Kopf abhackt …

Sehen Sie, hier war kürzlich ein hochinteressanter Artikel in der Zeitung. Es ging um die Frage: Warum eigentlich haben die Menschen die Götter erfunden? (Denn so herum muss man die Sache sehen, nicht die Götter haben die Menschen geschaffen, sondern die Menschen die Götter.) Interessanterweise gab und gibt es in einfachen Stammesgesellschaften keine Götter in unserem Sinne, nur ein paar Geister, denen man etwas opferte oder opfert, die aber sonst nicht groß von Bedeutung waren und sind, weil die Menschen in so kleinen Zusammenhängen die Einhaltung der Spielregeln sehr leicht unter sich regeln konnten.

Schwieriger wurde das erst in größeren Gesellschaften, die immer komplexer und anonymer wurden: Was macht man da mit denen, die sich asozial verhalten? Natürlich: Man denkt sich allwissende und strafende Götter aus, die falsches Verhalten sogar noch nach dem Tod mit Strafe belegen. Nicht nur die Götter der Muslime, Christen und Juden funktionierten so als Instanz der sozialen Kontrolle, stand im Artikel, auch der Buddhismus sage: Wer böse lebt, muss die Folgen tragen, im Buddhistenfalle halt im nächsten Leben, vielleicht sogar noch in diesem.

Was natürlich die Frage aufwirft: Wie funktionieren Gesellschaften, in denen niemand mehr an Gott glaubt? Oder in denen die Menschen unterschiedlichen Göttern huldigen? Ja, natürlich gibt es Gesetze. Aber reichen Gesetze, um das Zusammenleben zu regeln? Braucht es da nicht noch ganz andere soziale Schmierstoffe, Werte, Regeln, Bestimmungen, die zwischen den Menschen gelten?

Darüber ein andermal mehr. Ich muss Nietzsche lesen, der hat darüber geschrieben, als erster Philosoph eigentlich, *Gott ist tot* und so weiter.

Ich für mein Teil stelle mir neuerdings das Jenseits als Wirtshaus vor, wissen Sie, so ein brummendes, summendes Wirtshaus, warmes Essen, kalte Getränke und dieses Aufgehobensein zwischen den vielen Leuten. Du kommst an, eben hattest du noch einen Herzinfarkt, und jetzt stehst du hier in der Tür, statt Petrus wartet der Schankkellner, *oder Petrus ist der Schankkellner,* dein Platz ist frei, und die Bedienung sagt:

Ja, was dachten Sie denn? Natürlich ist reserviert für Sie. Wir warten ja schon eine ganze Weile auf Sie.

Und bringt dir ein Helles.

Und die ganzen Leute, auf die ich meine Nachrufe verfasst habe, sind schon da und rufen:

Ja, da schau her! Er unter uns!

Gleich hier um die Ecke haben wir so ein Wirtshaus, da gehe ich öfter hin und bereite mich schon mal auf den Tod vor. Als Einstimmung. Bei gebackenem Goldbarsch und einem Bier.

Was hat Schlüter eigentlich genau gerettet, Sie erinnern sich, meinen Steuerberater?

Vielleicht war es die immer noch glimmende Lebensenergie in ihm, vielleicht auch: dass er sich, komplett in die Ecke gedrängt von einem feindlichen Schicksal, herausgefordert fühlte und so nicht abtreten wollte aus dem Ring. Und *ganz sicher* war es: dass da jemand war, dem er sich nicht einfach entziehen konnte, ohne dass er sich selbst Feigheit hätte eingestehen müssen. Und die wollte er an sich nicht akzeptieren.

Dass da *überhaupt* jemand war, sein Sohn nämlich. Und dass er noch eine Verbindung zu diesem Jemand hatte.

Ich will Ihnen was erzählen.

Das ist ein Jahr her.

Es war in Wien.

Ich hatte am Abend zuvor einen Vortrag gehalten anlässlich der Jahrestagung der *Gesellschaft der Freunde des Zentralfriedhofs*, das war natürlich eine große Ehre, hochvornehme Vereinigung, sehr gebildete Leute, einige Professoren, und der eine oder andere stand, wenn ich so sagen darf, bereits am Eingang zum Zentralfriedhof und hatte die Hand auf der Türklinke.

Ich sprach über *Die Kunst des Nachrufs.*

Ich war müde und mürbe gewesen nach Monaten voller Arbeit und einer Woche, an deren Beginn mein bester Freund mit einem Schlaganfall ins Krankenhaus eingeliefert worden war, wo er nun lag, mit offenem Mund, in dem ein Schlauch steckte, der ihn mit Atemluft versorgte. Dreißig Jahre zuvor hatte der damals sehr kleine Sohn meines Freundes in dessen Haus einen Unfall gehabt. Ich war dabei gewesen, ich hielt ihn auf dem Arm, den zweijährigen Sohn dieses Freundes, der seinerseits draußen vor der Tür dem Arzt entgegenlief, während ich dachte, der Sohn auf meinem Arm sei tot. Aber das war er nicht. Er überlebte dank des Arztes, den mein Freund eilig hereinführte, und auch dank der Behandlung im Krankenhaus. Ein Monat auf der Intensivstation! Da besuchten wir ihn oft am Bett, in dem er lag, mit Schläuchen hier und dort, die in seinen Kinderkörper hinein- und wieder hinausführten, umgeben von summenden, brummenden und dann und wann piepend einen Pfleger herbeirufenden Maschinen.

Und nun hatte ich, vor der Reise nach Wien, mit diesem jetzt zweiunddreißig Jahre alten Sohn, der selbst bereits wiederum einen zwei Jahre alten Sohn hatte, am Bett meines besten Freundes gesessen, von dem wir nicht wussten, ob er überleben würde und, wenn ja, ob er dann noch einmal in der Lage sein könnte, seinen Sohn als seinen Sohn zu erkennen und seinen Enkel als seinen Enkel – und deren Namen zu sagen.

Von allem anderen ganz zu schweigen.

Ich war ins Bett gegangen nach dem Vortrag und einem Glas Wein und mit dem Empfinden, dass, hätte ich mein Hirn aus dem Kopf nehmen können, um es zu betasten, es sich angefühlt hätte wie diese karstig-schwammartig ausgehöhlten Uferfelsen mancher Mittelmeerküsten, durch deren Höhlungen das Wasser hinein- und wieder herausfließt und deren scharfe Kanten einem die Fußsohlen zerschneiden, wenn man sie betritt. Durch die Innengänge dieses Hirnsteines irrten vage Träume, nachdem ich eingeschlafen war, die linke Hand meiner Frau in meiner rechten.

Als ich erwachte, war meine Frau bereits im Bad. Ich fiel noch einmal in einen leichten Dämmer, aus dem ich mit einem ganz und gar unbekannten Selbstempfinden erwachte.

Ich stand auf und klopfte an die Tür des Badezimmers.

Du musst mir helfen, mir ist seltsam.

Sie riss die Tür auf.

Was ist?!?!

Mir ist seltsam wie noch nie.

Was heißt: seltsam?!?!

Ich weiß nicht …

Weißt du, wie du heißt?

Walter Wemut.

Weißt du, wie ich heiße?

Teresa Wemut.

Weißt du, was du gestern Abend getan hast?
Nein, das weiß ich nicht.
Du hast einen Vortrag gehalten.
Einen Vortrag? Was für einen Vortrag?
Weißt du, was mit deinem Freund passiert ist?
Ja, sein Sohn hatte diesen Unfall, er liegt im Koma.
Wer?
Sein Sohn, der kleine, zwei Jahre alte Sohn, nicht wahr?
Nein, dein Freund liegt im Krankenhaus.
Mein Freund?

Ich sah sie an.

Lass mich nicht allein, sagte ich. Ich liebe dich so.
Ich liebe dich auch. – Ich bin gleich wieder da.

Sie ging aus dem Zimmer.
Ich sah das Waschbecken an, den Föhn, den Rasierspiegel, den Spiegel, alles sah ich an, als hätte ich es noch nie gesehen, und ich sah mich selbst im Spiegel an wie jemand, den ich vor einer Weile schon einmal gesehen hatte, irgendwo.

Das darf nicht wahr sein, sagte ich. Das darf einfach nicht wahr sein.
Teresa war im Zimmer, nun wieder neben mir.

Weißt du denn nicht, wo wir sind?
Nein.

Wir sind doch in Wien.

Ich ging zum Fenster, starrte in den Park vor dem Hotel und versuchte angestrengt, mich zu erinnern, ob ich dort unten schon einmal gewesen sei. Ein Hund spielte mit einem Ball, unermüdlich trieb er den Ball vor sich her, holte ihn ein, stupste ihn, dribbelte wie ein Fußballkünstler mit ihm zwischen den Bänken und Beeten umher.

Das ist also Wien, sagte ich.

Ich hatte das Gefühl, dies sei das Ende meiner Welt, wie ich sie kannte, sie entgleite mir, ich hätte auf nichts mehr einen Zugriff, ich verstünde nicht, was geschehen sei und was geschehen werde.

Zieh dir etwas an, sagte Teresa. Da ist ein frisches Hemd im Koffer.

Ich dachte (und das ist seltsam, nicht wahr?), dass es nun gewiss ins Krankenhaus ginge und dass ich mich nicht mehr duschen könnte und ich deshalb kein frisches Hemd wollte.

Ich nehme das von gestern Abend.

(Das ist fast noch seltsamer, dass ich das sagte, nicht wahr?)

Dann war auch schon der Arzt da.

Mir ist das jetzt nur eingefallen, weil von der Verbindung zum Leben die Rede war. Mein Gefühl war ja: diese Trennung von der Welt, die plötzlich nur noch hinter einer Milchglasscheibe zu existieren schien, und die einzige Hoffnung, die ich noch hatte, war, dass auf der anderen Seite der Scheibe meine Frau sei, die eine Tür öffnen würde oder das Glas zerschlagen, die also sich kümmern würde und mir aus dem Leben, das mir verloren gegangen war, aus diesem Leben heraus also eine Hand reichen und die Verbindung wiederherstellen würde.

Was sie ja dann tat.

Ja, sie schlug die Scheibe ein.

There is a crack in everything
That's how the light gets in

So kann man Cohens Song auch verstehen, oder? Wenn da kein Riss ist, wenn kein Licht reinkommen kann – dann musst du für den Riss sorgen, ihn schaffen. Du musst das Ding aufreißen.

Die Sache war dann übrigens weit weniger schlimm, als wir gedacht hatten. Ich durchlief eine Reihe von medizinischen Tests, eine Woche lang, wir glotzten mein durchleuchtetes Gehirn auf Fotos an, maßen meine Blutwerte und Hirnströme, ich musste zuerst rechnen, dann auf einer Linie gehen, auch den Finger zur Nase führen, und eine Ärztin bat mich, mir die drei Wörter *Brot, Katze* und *Haus* zu merken. Dann musste ich verschiedene andere Dinge tun und dann sagen, welche Wörter ich mir gemerkt hatte.

Brot, Katze, Haus.

Kam ganz flott.

Na, Gott sei Dank!

Die Diagnose?

Transiente globale Amnesie. Gedächtnisverlust für eine begrenzte Zeit, bis zu 24 Stunden. Bei mir kehrte die Erinnerung schon im Krankenwagen zurück, Stück für Stück.

Amnesia by the seaside, wie man im Englischen sagt, weil das Phänomen nach einem Sprung ins kalte Wasser auftreten kann. Oder einfach so.

Amnesia by the seaside. Hört sich an wie *Stratford-upon-Avon.* Oder wie ein britischer Badeort, ein abgelegenes kleines Dorf, von der Welt vergessen und die Welt auch selbst vergessen habend.

Kennen Sie den irischen Schriftsteller Flann O'Brien? Von dem gibt es einen Roman mit dem Titel *At Swim-Two-Birds*, auf Deutsch heißt das *Auf Schwimmen-zwei-Vögel*, wobei *Schwimmen-zwei-Vögel* eine Furt im Fluss Shannon ist, auf Mittelirisch heißt sie *Snám dá Én*, was eben *Schwimmen-zwei-Vögel* bedeutet. So einen Roman zu schreiben mit dem Titel *In Vergessen-am-Meer* – wäre das nicht schön?

Warum erzähle ich das überhaupt? Was hat das mit dem *gelungenen Leben* zu tun?

Sehen Sie, erstens, in den *Toten der Woche* geht es offensichtlich um den Platz, den Menschen in der Welt gefunden haben, *ihren Ort unter den anderen Menschen,* nicht wahr? Und diese Geschichte handelt ja davon, dass mir die Welt verloren geht und ich der

Welt. Dass sie sich also leise, langsam und plötzlich und irgendwie auf den Zehenspitzen aus dem Staub zu machen versucht, die Welt – und auf einmal ist da aber eine Stimme.

Sie sagt:

Nein! Die Welt bleibt hier, und du bleibst in der Welt, da, wo ich auch bin.

Du gehörst vielleicht zu den *Kurz-Bewusstlosen der Woche*, aber nicht zu deren *Toten*.

Und, unter uns gesagt, das war sehr schön: zu wissen, dass ich so einen Platz in der Welt gefunden habe.

Und zweitens rede ich ja hier die ganze Zeit über die Frage, was man mit seinem Leben macht, und hier taucht aber plötzlich eine von jenen Situationen auf, *in denen das Leben etwas mit dir macht*. Oder: in denen dir dein Leben aus der Hand genommen wird, ganz plötzlich, und du findest dich an Orten wieder, an denen du nie sein wolltest.

In *Amnesia by the seaside* zum Beispiel.

Man muss wissen, dass so etwas passieren kann, jederzeit, weil es bedeutet, dass man nichts aufschieben sollte, wenn es um das Gelingen des Lebens geht.

Kann sein, das ist eine sehr einfache Erkenntnis. Bloß: Warum beherzigen wir sie dann so wenig?

Haben Sie mal von diesem Buch gehört, in dem Menschen auf dem Sterbebett erzählen, was sie sich wünschen und was sie glauben, im Leben falsch gemacht zu haben? Sehr viele, vor allem Männer, sagen da, sie hätten weniger arbeiten und sich mehr um die kümmern sollen, die ihnen nahe sind oder hätten sein können. Die Familie, die Freunde.

So ist das.

Und die Frage, die man sich stellen muss, lautet: Wenn das so ist, *wann ziehe ich daraus Konsequenzen für mein eigenes Leben?*

Sehen Sie hier, das *ZEITmagazin*, da habe ich ein Interview mit einem Professor gelesen, der krebskranke Menschen betreut, häufig bis zum Tod.

Er wird gefragt:

Was ist mit den einsamen Menschen?

Und er sagt:

Die berühren mich. Für die Behandlung ist Einsamkeit ein Desaster. Oft kommen diese Menschen schlechter mit der Diagnose zurecht, weil sie nicht wissen, wofür es sich zu kämpfen lohnt.

Dann kommt die Frage:

Also, gibt es Patienten, die völlig allein in diesen Kampf ziehen?

Antwort:

Einige, ja. Ich erinnere mich an einen Mann mit einer autistischen Störung. Er war hochintelligent, aber komplett vereinsamt. Es war grauenvoll für ihn.

Oder hier, ein Interview in der *Süddeutschen Zeitung*, mit einer Professorin in München, eine bekannte Palliativmedizinerin, sie hat praktisch ihr ganzes berufliches Leben mit Sterbenden verbracht.

Sie sagt:

Das ist das Spannende: Wer ist man wirklich, hinter diesen Rollen, hinter denen man sich auch gerne versteckt? Das Menschsein kommt dann raus. Manche sagen: Ich bin nichts mehr wert, wenn ich da so liege. Aber der Wert eines Menschen ist nicht primär über eine Rolle oder Leistung definiert. Sondern einfach durch das Dasein. Durch den intensiven Kontakt, durch Gespräche, ein Lächeln. Am Ende des Lebens bringt mir mein teures Auto nichts, meine Publikationen und mein Haus auch nicht. Reiche Menschen sterben nicht leichter und sind auch nicht gelassener. Oft sind es die ärmeren und die einfacheren Menschen, die zufrieden sind mit dem, was ist.

Sie sagt:

Im Sterben verdichtet sich das Leben wie unter einem Brennglas. Wenn man auf das eigene Leben blickt, ist die spannende Frage: Kann ich am Ende »Ja« sagen zu meinem Leben mit allen Aufs und Abs? Oder habe ich mich in wichtigen Situationen falsch verhalten? Habe ich Menschen so geliebt, wie ich sie lieben wollte? Gibt es Schuld, Zerwürfnisse? Diese Themen kommen hoch angesichts des Sterbens. Wenn ich persönlich zurückschaue, dann möchte ich sagen können: Ja, mein Leben war so, wie ich es leben wollte.

Sie sagt:

Manchen fehlt die Fähigkeit, Dankbarkeit zu empfinden oder das Schöne am Leben zu erkennen. Es ist ja selten so, dass ein Leben nur negativ oder nur positiv ist. Die Frage ist: Kann ich mich an einem guten

Gespräch freuen? An einer gelungenen Beziehung, einem schönen Abendessen? Das ist, was bleibt. Am Ende zählt das Zwischenmenschliche.

Und nun sehen Sie, hier, Folgendes, genau diesen Punkt betreffend: Mein Zeitungshändler hat mir ein paar seiner Alben gegeben, damit ich darin stöbern kann, und hier ist eine Überschrift, die er vor Jahren über einem Interview mit einem Soziologen entdeckt und angestrichen hat.

Was ist das gute Leben? Alles hängt davon ab, ob es zwischen der Welt und uns einen Draht gibt, der vibriert.

Ich habe dann natürlich das ganze Interview gelesen, das unter der Überschrift im Album stand, ein Gespräch mit dem Soziologen Hartmut Rosa, obwohl, nein, ein Gespräch war es gar nicht, es handelte sich um einen Aufsatz, in dem der Mann, Rosa also, zwei verschiedene Beziehungen einzelner Menschen zur Welt einander gegenüberstellte: zwei Frauen, die eigentlich den gleichen Alltag haben, jeweils eine kleine Familie, die zusammensitzt beim Frühstück, ein Weg zur Arbeit, abends Volleyball in einer Turnhalle. Aber während die eine das alles genießt, sich über die Momente mit Mann und Kindern freut, Vorfreude auf die Aufgaben des Tages empfindet, abends Spaß an der Bewegung hat, lastet auf der anderen die Tatsache, dass sie für die Familie, mit der sie zusammensitzt, sorgen muss, sie freut sich nicht auf ihre Kollegen, sie weiß, dass sie abends Bewegung braucht, aber eigentlich hat sie keine Lust, sich nach der Arbeit auch noch beim Sport abzurackern.

Gelungener Tag, nicht gelungener Tag.

Gelungenes Leben, nicht gelungenes Leben.

Der Unterschied ist klar: Die eine der beiden Frauen *will* etwas im Leben, die andere hat das Gefühl, was sie tut, tun zu *müssen*. Die eine liebt das Leben, die andere empfindet es als Bedrohung, als Anspruch an sich. Die eine, so Rosa, »fühlt sich in der Welt und im Leben aufgehoben und getragen«, die andere »in die Welt geworfen, ihr ausgesetzt«. Die eine spürt zwischen sich und der Welt eben jenen vibrierenden Draht, sie liebt das Leben und alles, was dazugehört, um seiner selbst willen, die andere »arbeitet, um Geld zu verdienen, sie braucht ihre Familie, um nicht alleine zu sein, sie spielt Volleyball, um schlank zu bleiben«. Die eine ist selbst-, die andere fremdbestimmt. Die eine hat das Gefühl, in der Welt etwas bewirken und bewegen zu können, und lässt sich von der Welt auch selbst erreichen und bewegen. Der anderen erscheint die Welt feindlich, sie selbst fühlt sich leer.

Rosa spricht statt vom vibrierenden Draht auch von »Resonanzachsen« zwischen dem Einzelnen und der Welt und von einer libidinösen Weltbeziehung. Und »dass das gelingende Leben durch die Intaktheit von Resonanzachsen, das misslingende dagegen durch deren Abwesenheit oder Verstummen gekennzeichnet sind – kann man das ernsthaft bestreiten? Wodurch aber wird ihre Ausbildung ermöglicht?«

Man kann sich ja nicht selbst befehlen, die Welt ab sofort zu lieben.

Oder kann man es doch?

Vielleicht, natürlich kann man sich seine eigene Beziehung zur Welt bewusst machen und dann verändern, ja.

Vor einer Weile bekam ich die Mail eines alten Freundes, Gregor. Ich hatte ihn länger nicht mehr gesehen. Er schrieb mir, ich hätte ihn sicher als alten Linken in Erinnerung, als friedensbewegten Mann, sogar als zeitweiligen DKP-Anhänger, lange her, all das. Wir hatten ja dieselbe Schule besucht, nur war er eine Klasse höher gewesen. Tatsächlich war er Musiklehrer geworden und einer von denen, die für meinen Geschmack immer ein bisschen zu genau wussten, wie die Welt auszusehen hat, die wenig Fragen hatten, aber eine Menge Antworten. Er ging mir damals auch deshalb oft auf die Nerven, weil er sich bei vielen Anlässen aufgerufen fühlte, seine Gitarre auszupacken und Degenhardts *Spiel nicht mit den Schmuddelkindern* zu singen, was im Einzelfall nicht so schlimm war, denn es ist ein schönes Lied, in der Massierung aber eben doch … nun ja …

Kennen Sie überhaupt Degenhardt noch, Franz Josef Degenhardt? Den kannte früher mal fast jeder, er war von Beruf Rechtsanwalt, verteidigte Mitglieder der *Rote Armee Fraktion*, aber er schrieb auch Romane, er war anfangs in der SPD, ging dann zu den Kommunisten, der DKP, diesen DDR-Treuen und ja auch von der DDR Finanzierten, das gefiel mir nie, denn das Spießertum der Ostbonzen und die Seelenarbeit eines Sängers – was hat das miteinander zu tun?

Degenhardt nannte sich und wurde genannt: *Liedermacher*, was ein schönes Wort ist, *Cantautore* sagen sie in Italien. Aber dort gab es Lucio Dalla, Paolo Conte, Lucio Battisti oder Fabrizio De André, die wirklich für immer in den Herzen der Menschen sind. So weit sind deutsche Liedermacher selten vorgedrungen, was aber nicht nur an den Liedermachern lag, sondern auch an den Menschen. Die Italiener sind sozusagen ein singendes Volk, schon ihre Sprache spricht man am besten, wenn man die Sätze ein wenig singt. Das ist den Deutschen in Deutschland mit dem Deutschen nicht möglich.

Die meisten haben es ja nicht mal versucht, mit den Herzen, meine ich.

Jedenfalls Degenhardt, Gregor und die *Schmuddelkinder*, es war ein bisschen aufdringlich manchmal, alles. Er sang ebenfalls sehr oft das *Lied für die ich es sing*, und das handelt unter anderem von einer Rentnerin namens Rosemarie.

Warten Sie, ich googele nebenbei mal den Text, hier … Das Album ist von 1987, und diese Rosemarie hatte, als Zeugin, einen Bankräuber, *einen aus Morgenland,* bei der Polizei nicht mehr wiedererkannt, obwohl sie ihn bei seinem Herausstürmen aus dem Bankgebäude gesehen hatte, die Pistole noch in der Hand.

Sie hat ihn also geschützt vor der Polizei, ihn gedeckt.

Aber wie er jetzt so da stand
zwischen zwei Deutschen und an der Wand
mit diesem schrecklich verlorenen Gesicht,
sagte sie: Der war es nicht.
Rosemarie, bist nur Rentnerin,
und die Belohnung, die ist jetzt hin.
Aber du lachst und weißt, deinen Lohn,
hast du ja schon.

Und, wissen Sie, darüber haben sich Konservative damals schon sehr aufgeregt, dass jemand einen Bankräuber nicht verrät wegen seines verlorenen Gesichts, und auch ich dachte: Kann ja sein, *verlorenes Gesicht,* aber sollte man nicht, wenn der Bankräuber so eine arme Seele ist, diese Beurteilung doch lieber dem Gericht überlassen?

Aber das war ja das Problem, dass Leute wie Degenhardt und eben auch Gregor den Gerichten nicht trauten. Ich tat das aber im Grunde schon.

Und jetzt diese Mail von Gregor!

Etwas habe sich geändert bei ihm, links sei er in sozialen Dingen schon noch, aber »das Nationale« habe nun eine andere Bedeutung für ihn. Er sehe das deutsche Volk in einem Kampf auf Leben und Tod, bedroht durch Migranten aller Art, schon bald dominiert durch Muslime und Afrikaner, in nicht ferner Zeit auch regiert von ihnen. »Umvolkung«, tatsächlich, da stand dieses Wort. Und möglich sei das alles nur, weil die Deutschen »gehirngewaschen« seien, beherrscht von internationalen Eliten und den »Linksgrünen«, tatsächlich, auch das kam, er ließ nichts aus, auch die »Lügenmedien« durften nicht fehlen. Er werde nicht schweigen, und ob er mir, dann und wann, mal etwas schicken dürfe, Ergebnis seiner Recherchen auf *Youtube*?

Hoppala, Leben und Tod, dachte ich.

Und Recherchen. Auf *Youtube*?!

Und was ist mit diesem Lied, dachte ich, und dem Mann aus Morgenland, *mit diesem schrecklich verlorenen Gesicht*? Nun waren die aus dem Morgenland für den Gregor plötzlich alle, *in summa*, eine Bedrohung auf Leben und Tod? Plötzlich waren die sogar *in toto* dümmer als wir, weil die Menschen im Süden nun mal nicht so hohe Intelligenzquotienten hätten, das sei »wissenschaftlich erwiesen« und auch logisch, denn da im Süden wüchsen einem die Trauben praktisch in den Mund, also müsse man sich nicht so anstrengen wie im Norden, wo unter widrigen Lebensbedingungen einfach mehr Intelligenz zum Lebensvollzug vonnöten sei.

Ob der jemals im Süden war?

Ich erkannte Gregor einfach nicht wieder.

Gregor aus Abendland.

Oder erkannte ich ihn doch?

Es war doch da die gleiche Gewissheit, die Sicherheit, Bescheid zu wissen, nur eben jetzt anders. Dieses *auf Leben und Tod*, das war schon damals so, bei dem einen oder anderen in der Friedensbewegung. Es ging immer um alles und das auf einmal.

Ich schrieb ihm, ob wir uns mal treffen könnten.
Ja, könnten wir.

Natürlich erkannte ich ihn nicht wieder.

Ich erkenne Leute eigentlich nie wieder, jedenfalls nicht, wenn ich sie dreißig Jahre lang nicht gesehen habe. Über manche Mienen fährt die Zeit wie ein Bulldozer, anderen Menschen hängt sie wie Blei an den Gesichtszügen, vermutlich ist das bei mir nicht anders. Aber mich sehe ich ja seit Jahrzehnten täglich, da fällt einem das nicht so auf. Ich weiß nicht, wie Sie das empfinden, aber wenn Sie jemandem dreißig Jahre lang nicht begegnet sind, dann haben Sie noch sein Bild von damals im Kopf. Nun aber sehen Sie das neue, das aktuelle. Das ist wie ein Zeitsprung, in Millisekunden altert dieser Mensch um dreißig Jahre, gruselig.

Nur an der Stimme erkenne ich die Menschen sofort, seltsam, die Stimme scheint sich einfach nie zu ändern, sie bleibt immer gleich. So kommt's mir vor.

Gregor also. Ich ging durchs Café, an ihm vorbei, dann hörte ich seine leise, für einen Mann eigentlich zu hohe Stimme: Walter!

Er trug einen gelben Fleecepulli und Jeans, über der Stuhllehne hing ein alter lilafarbener Stoffrucksack. Früher hatte er krusselig-lockige Haare gehabt, die in alle Richtungen vom Kopf abstanden, davon waren nur noch wenige geblieben, sie befanden sich weiter hinten. Er hatte sie lang wachsen lassen und hinter dem Kopf zu einem Schwänzchen zusammengebunden.

Das Wort *schütter* ging mir durch den Kopf, nicht nur die Haare waren *schütter*, der ganze Gregor war irgendwie *schütter*, vom Leben erschüttert …

Nein, das nehme ich zurück, das will ich nicht gesagt haben, *vom Leben erschüttert*, das ist nah am *Seelenbaumeln*, weg damit!

Meine Haare werden immer *schütterer*, habe ich kürzlich zu Agim gesagt.

Was ist schütterer?

Schütter, sagte ich.

Aber du hast gesagt: *schütterer*.

Ja, *schütterer* ist mehr als *schütter* beziehungsweise eben weniger, leider. Schütter, schütterer, am schüttersten. *Schütteres* Haar, das kommt relativ kurz vor Glatze. Was machen wir, wenn ich eine Glatze bekomme, Agim? Es wird wirklich immer dünner, mein Haar!

Dann schließe ich *dem* Laden.

Aber du musst doch von etwas leben.

Deshalb darfst du *dem* Glatze nicht bekommen. Und auch nicht *dem Schütterer*. Sonst ist *dem* auch mein Ende.

Hier, apropos *schütter*, das muss ich Ihnen noch schnell zeigen, ein Büchlein von Karl Leberecht Immermann, den müssen Sie nicht kennen, obwohl, wenn Sie mal nach Düsseldorf kommen, da steht im

Hofgarten eine Bronzestatue von ihm, glaube ich, denn er war ein recht bekannter Schriftsteller zu seiner Zeit, der aber sein Geld als Landgerichtsrat verdiente, in Düsseldorf eben, wo er 1840 auch starb.

Wo ist es denn? Ich hatte es doch …

Sehen Sie, der Bibliothekar in mir, der ist mit den Jahrzehnten sozusagen immer weiter geschrumpft, während der Autor sich ausgedehnt hat, logischerweise.

Der Bibliothekar: Das ist die Ordnung.

Sie sind ja verloren ohne Ordnung in diesem Beruf, Ordnung ist wichtiger als alles andere. Es kommt nicht darauf an, *was* in einem Buch steht, sondern *wo* es steht, das Buch, *das* müssen Sie wissen. Wenn Sie ein Buch einmal am falschen Platz einordnen, dann ist es möglicherweise für immer weg. Sie könnten eine seltene Erstausgabe quasi begraben, wenn Sie die in einer vollkommen anderen Abteilung, die selten aufgesucht wird, irgendwo reinstellen ins Regal, möglicherweise sogar beim richtigen Buchstaben, das spielt keine Rolle mehr, ist vielleicht sogar noch schlimmer, weil der falsche Buchstabe, das würde irgendwann vielleicht jemandem auffallen, ein Z zwischen lauter L.

Aber so?

Das ist quasi wie wegschmeißen, verstehen Sie?

Früher war das jedenfalls so, ich bin schon so lange raus aus dem Beruf, wer weiß, was es da heute für Möglichkeiten gibt. Vielleicht hat jedes Buch einen kleinen Chip und meldet sich, wenn man es anpiepst?

Jedenfalls: Als Autor denken Sie immer nur an den nächsten Text und an den Redaktionsschluss, Sie schnappen sich also aus dem Regal, was Sie gerade brauchen, schlagen nach, und dann legen Sie das Buch auf einen Stapel, weil Sie denken: Ordnung mache ich morgen. Aber morgen ist dann der nächste Text dran, da brauchen Sie ein anderes Buch, das kommt auch auf den Stapel und immer so weiter.

Mein Leben hat sich also von der Ordnung zum Chaos entwickelt, zu einem halbwegs kontrollierten Chaos, aber doch zum Chaos.

Vom Staub haben wir ja vorhin auch schon gesprochen, der Staub auf, in und zwischen den Büchern.

Für einen Bibliothekar ist das peinlich.

Aber ich bin keiner mehr.

Andererseits wohnt tief in mir immer noch dieser Rest-Bibliothekar, und der schreit nach Ordnung, der ruft: Das geht doch nicht! Und dann denke ich: nächste Woche! Da werde ich! Da muss ich! Ich räume dann einfach mal eine Nacht lang auf, verzichte auf Schlaf, damit ich morgens in einer besseren, ordentlichen Welt stehe, so geht es doch nicht weiter, wo endet das?

Ja, hier, nun, sehen Sie, da ist es doch, was ich gesucht habe.

Immermann, *Tristan und Isolde. Ein Gedicht in Romanzen.*

Dieser Immermann hatte, wie viele andere auch, den Stoff der großen Liebe von *Tristan und Isolde* als Gedicht in Romanzen bearbeitet, und da heißt es eben an einer Stelle, als herrischer Satz des Königs zu einem, der ihm den Steigbügel halten will – obwohl doch er, der König, jung und fit wirken will:

Wofür siehst du mich an, du Tropf?
Für einen welken Schütterkopf?

Schön, nicht wahr?

Schütterkopf.

Wobei ich glaube, *Schütterkopf* steht hier für *Schüttelkopf*, also einen vielleicht vom Parkinson befallenen oder jedenfalls alterswackeligen Greis.

Aber das nur nebenbei.

Für dich bin ich jetzt ein Nazi, oder?, sagte Gregor, und es klang seltsam, wie leise und schüchtern er das vorbrachte.

Ich weiß nicht, was du bist, und schon gar nicht weiß ich, was du für mich bist, sagte ich, dafür haben wir uns zu lange nicht gesehen. Was du mir geschrieben hast … Ich kann nicht ernsthaft darüber reden. Aber bist das du? Bist das du *für mich*? Erzähl mir lieber von dir. Was dir passiert ist. Wie dein Leben so war, bis jetzt.

Ich kann mich noch an seinen verblüfften Blick erinnern.

Wir bestellten etwas zu essen, in seinem Fall war das ein vegetarisches Gericht.

Fleisch, sagte er, das viele Fleisch, das die Menschen essen, und viele denken, man muss so viel Fleisch essen, damit man stark ist. Mein Kollege, ein Physiklehrer. Jeden Tag hat er Sport gemacht, jeden Tag hat er Fleisch gegessen. Und jetzt? Hat er einen Bandscheibenvorfall. Vor Schmerzen kann er nicht mehr gehen und liegen und sitzen, er nimmt Tabletten und bekommt Spritzen – und da frage ich: Wie kann das sein? Er aß Fleisch, und nun hat er einen Bandscheibenvorfall. Nimm das Reh, nimm den Hirsch! Sie bewegen sich den ganzen Tag, wie mein Kollege es tat, aber sie fressen nie Fleisch. Und hast du je von einem Reh mit Bandscheibenvorfall gehört, von einem Hirsch? Nein, den kennt das Reh nicht. Oder die Kuh: frisst nie Fleisch, produziert aber Milch, also Kalzium. Man braucht kein Fleisch, man muss kein Fleisch essen, es schadet nur.

Er gestikulierte viel, wenn er so redete, und manchmal zitterten seine Hände ein wenig dabei wie die eines alten Mannes. An der Linken konnte ich eine lange Narbe sehen, bis er sie unter dem Tisch verschwinden ließ.

Ich kam auf meine Frage zurück, die nach seinem Leben.

Er habe mit seiner Freundin zusammengelebt, sie hätten ein Reihenhaus am Stadtrand gehabt, drei Kinder, die nun dreizehn, sechzehn und achtzehn seien. Eigentlich ein schönes Leben, sagte er, aber vor drei Jahren habe er sich mit einem Messer an der linken

Hand verletzt, beim Zwiebelschneiden in der Küche, aus Unachtsamkeit.

Er zeigte mir nun die Linke, bei der – das war mir gerade noch gar nicht aufgefallen – zwei Finger nach innen gebogen waren und fast unbeweglich schienen. Auf dem Handrücken und über den Gelenken sah ich die Narbe, sie war sicher fünf, sechs Zentimeter lang.

Lange Zeit habe er mit dieser Hand nicht mehr sein Instrument spielen können, und weil er als Musiklehrer nicht an einer staatlichen Schule gearbeitet habe, sondern mit freien Verträgen an zwei Musikschulen, habe er kein Geld mehr verdient. Und deshalb habe er auch die Raten für die Kredite des kleinen Hauses nicht mehr bedienen können, es sei schließlich zwangsversteigert worden.

Muss ich noch mehr sagen?, fragte er. Dieser Staat habe sein Leben zerstört. Und er sei machtlos gewesen, nichts habe er tun können. Und dann habe sich auch noch seine Lebensgefährtin von ihm getrennt, sie habe jemand anders kennengelernt und sei mit den Kindern zu dem Mann gezogen. Er selbst lebe nun in einer kleinen Wohnung, er habe seine ganze Technik beim Musizieren umstellen müssen, mühsam sei das gewesen und sei es bis heute. Er könne wieder Unterricht geben. Aber was verdiene man schon als Musiklehrer?! Denen, die da nun hierherkämen aus dem Süden, denen gebe man Geld, man versorge sie, heiße sie willkommen seitens des Regimes, das sagte er tatsächlich.

Regime.

Er habe dann im Internet *recherchiert*, wie er sich ausdrückte, er habe einen Freund gefunden, der ihm vieles erklärt habe, und so vieles, was er selbst sich vorher nicht habe erklären können, habe nun einen Sinn ergeben. Er habe erkannt, dass unser Staat gar kein Staat sei, nur ein von den Alliierten aufgezwungenes System, eine GmbH, deren Personal wir seien, deshalb heiße es ja auch »Personalausweis«. Er habe seinen aber weggeworfen und sich einen Ausweis des Deutschen Reiches ausstellen lassen, in Berlin sei das möglich, man könne ihn im Internet bestellen. Damit weise er sich seitdem aus. Oft werde das nicht akzeptiert, manchmal aber doch – ein klarer Beweis! Das Regime wisse selbst, dass es nicht rechtmäßig existiere, hier zeige es sich.

Der Mann saß vor mir wie unter einer Glasglocke, ich hatte das Gefühl: Wenn ich ihn berühren wollte, müsste ich erst mal an das Glas dieser Glocke klopfen und nach einer Öffnung suchen, er befand sich in einem geschlossenen System, in dem es für alles Erklärungen gab, für sein eigenes, ins Unglück geglittene Leben vor allem, aber auch für alles andere. Er hatte einen Sinn gefunden, Gründe für sein Scheitern, Gründe, die nichts mit ihm zu tun hatten, sondern damit, dass man eben Menschen wie ihn kaputt machen wolle. Aber er lasse sich nicht kaputt machen, er sei mit den Wahrheiten beschäftigt, die er erkannt habe, davon lasse er nicht mehr ab.

Er redete von Tierschutz, davon, dass Adolf Hitler sich sehr dafür eingesetzt habe, er sprach davon, dass Menschen bei der Taufe die Zirbeldrüse verklebt werde, damit sie nicht mehr bewusst denken könnten, und dass man das im Internet rückgängig machen könne, er war im nächsten Moment schon wieder bei einem Mann, der wissenschaftlich bewiesen habe, dass man Fotos von den Schornsteinen in Auschwitz-Birkenau nachträglich in die Bilder montiert habe.

Das tut mir leid, sagte ich leise.

Er blickte mich irritiert an.

Was tut dir leid?

Diese Verletzung an der Hand. Mit der alles anfing. Hattest du denn keine Versicherung? Musiker versichern sich doch gegen solche Verletzungen.

Es war mir zu teuer damals. Und dann habe ich irgendwann nicht mehr dran gedacht.

Vielleicht würde es dir besser gehen, wenn du dran gedacht hättest. Ich meine: Es sind nicht immer nur die anderen schuld, oder?

Schon, aber …

Und wie geht es deinen Kindern? Hast du denn gar keinen Kontakt zu ihnen?

Doch, aber es ist schwer, in einer so kleinen Wohnung. Es ist alles so eng. Aber ich freue mich sehr, wenn sie kommen.

Erzählst du ihnen von deinen politischen Ansichten?

Da halte ich mich eher zurück. Ich will keinen Streit mit ihnen, und es würde Streit geben.

Kann ich dir irgendwie helfen?

Ich wüsste jetzt nicht …

Wenn du das Gefühl hast, ich könnte irgendetwas für dich tun: Du kannst dich jederzeit melden. Ich weiß nicht, ob ich dir dann helfen könnte, aber ich würde es versuchen.

Aber willst du denn nicht …?

Nein, ich will nichts zu deinen Ansichten sagen. Es gibt dazu nichts zu sagen. Es ist alles Quatsch.

Ich stand auf und gab ihm die Hand.

Trotzdem tust du mir leid. Es ist einfach schade um dich.

Vorne am Eingang zahlte ich die Rechnung, es war ja nicht viel.

Der einsam leuchtende Mann.

Was Gregor angeht, wäre es ja angebracht, dass Männer wie er als Warnlicht durch die Welt laufen, automatisch müsste sich an ihrem Schädel eine gelbe Blinkleuchte anschalten, welche die Bedeutung hätte: Achtung, mit mir müsste mal jemand sprechen! Ich bin kurz vorm Abdrehen. Noch ein paar Wochen, und ich glaube an die jüdische Weltverschwörung. Könnte sich bitte mal irgendwer für mich interessieren?! Sonst kappe ich den letzten Draht zur Wirklichkeit.

Sollte es ein Geheimnis für *das misslungene Leben* geben – es hat mit dem Schweigen zu tun, mit der Unfähigkeit zu sprechen, mit Rückzug, Kontaktverlust, Abgrenzung.

Sehen Sie, irgendwo da drüben in dem Papierstapel liegt das Porträt eines Rechtsradikalen, das vor Kurzem in der Zeitung stand.

Der Mann wurde gefragt, ob er eigentlich Einwanderer kenne.

Nein, hat er gesagt, keinen einzigen kenne er, und er vermeide es auch unbedingt, welche kennenzulernen.

Warum?

»Weil ich sie sonst womöglich nicht mehr hassen kann.«

There is a crack in everything?

Ach, manche haben auch nur einfach einen Sprung in der Schüssel.

Ich glaube jetzt jedenfalls, dass es im Leben darauf ankommt, dass Sie es *bei ein paar Leuten* schaffen, diese Fassaden, die wir überall sehen und ohne die man in einer Gesellschaft wie unserer wahrscheinlich gar nicht auskommt, zu durchdringen. Dass Sie die Risse finden. Und dass Sie auch Ihre eigene Fassade durchdringen lassen, das ist das Entscheidende, vielleicht hat das auch was mit dem vibrierenden Draht zu tun, von dem wir vorhin sprachen, oder? Vielleicht sollten wir nie darauf warten, dass jemand da eine Neonröhre in sich anzündet und leuchtend vor uns hin und her läuft, damit wir bequem und ohne Taschenlampe in sein Inneres schauen können? Vielleicht müssen wir uns selbst darum bemühen? Sollte es nicht, das will ich sagen, ein paar Leute im Leben jedes Menschen geben, um die er sich bemüht hat, denen er mit seinem Interesse zu Leibe gerückt ist und die er versucht hat zu verstehen? Wahrscheinlich kann man das nicht bei sehr vielen tun, wenn man sich nicht überfordern will.

Aber bei einigen müsste man es versuchen.

Man *muss* es versuchen, wissen Sie. Weil, wenn man es nicht getan hat ... Man ist dann irgendwie nicht dahin vorgedrungen, was es bedeutet, ein Mensch zu sein.

Ich sag's mal mit so großen Worten, kleinere finde ich gerade nicht.

Ich habe Ihnen ja von Simenon erzählt.

In seinem ersten Buch über den Kommissar Maigret, es heißt *Maigret und Pietr der Lette*, kommt schon alles vor, was in den vielen späteren *Maigrets* wichtig sein wird, also die fürsorgliche, ihren Mann bemutternde Madame Maigret, das miserable Wetter, das den Kommissar immer in seiner Stimmung sehr beeinflusst, der bullernde Kanonenofen im Büro, der Untersuchungsrichter Coméliau und die Assistenten Lucas, Dufour und Torrence, wobei Torrence ums Leben kommt, aber in den weiteren *Maigrets* immer wieder auftritt. Irgendwo habe ich mal gelesen, Simenon habe gesagt, er habe beim Schreiben der späteren Bücher einfach vergessen, dass Torrence schon tot sei.

So was wünscht man sich auch vom großen Autor unserer Welt später mal, nicht wahr? Falls es ihn gibt. Dass er im Eifer der Tätigkeit vergisst, dass er dich schon hatte sterben lassen, und du kannst unbemerkt weitermachen …

Vor allem aber erklärt Simenon hier schon Maigrets Methode, die im kompletten Gegensatz zur akribischen, geradezu wissenschaftlichen Tätigkeit Sherlock Holmes' steht. Natürlich kennt auch Maigret die Spurensicherung, die Fahndungsmethoden und alles, was damit in Zusammenhang steht, aber für seine Arbeit ist das nicht zentral. Maigret versucht, sich in den Täter einzufühlen, er versinkt oft im Geschehen, das er aufzuklären versucht, er überführt auch nicht den Täter, sondern bringt diesen im Gegenteil dazu, sich geradezu nach dem finalen Gespräch, dem Geständnis, der Selbsterklärung zu sehnen.

In *Pietr der Lette* sitzen Kommissar und Mörder am Ende in einem Hotelzimmer, beide – weil ihre Kleidung komplett durchnässt ist – in Bademäntel gehüllt und ein wenig frierend. Der eine lauscht der Lebensgeschichte des anderen – und hier klärt sich der Fall auf. Simenon hat Maigrets Arbeit schon in diesem Buch mit der *Theorie vom Riss* begründet, warten Sie, ich lese Ihnen die Zeilen aus dem Roman vor, hier liegt er, hier ist es, »er suchte, erwartete, belauerte vor allem den Riss: Mit anderen Worten: den Augenblick, in dem hinter dem Spieler der Mensch zum Vorschein kommt«.

Der Riss!

Man muss nach ihm suchen, nach den schadhaften Stellen bei sich und bei anderen. Und man muss die Türen öffnen.

That's how the light gets in.

Ich bin – das habe ich Ihnen auch schon mal gesagt – im Laufe meiner Lebensjahrzehnte zu der Ansicht gekommen, dass man möglichst wenig urteilen und möglichst viel fragen sollte. Man sollte neugierig sein, bleiben, werden. Was nicht heißt, dass man keine Haltung oder Meinung haben sollte, natürlich nicht, in ein paar prinzipiellen Dingen braucht man sogar eine feste Einstellung, dazu kommen wir noch. Aber *Meinung*, das sollte, wie soll ich sagen?, es müsste so etwas wie eine Arbeitshypothese sein, jederzeit revidierbar. Weil, ich kann mir nicht vorstellen, dass ich immer recht habe, so schlau bin ich nicht, und so viel weiß ich nicht. Aber Interesse an anderen haben …

Folgende Frage jetzt: Ist *ein gelungenes Leben* möglich ohne Freunde?

Und was ist das: Freunde? Was ist Freundschaft?

Oder anders: Dem, der dann vor der U-Bahn lag und schließlich unter ihr, dem hätte ich früh genug dies und jenes sagen müssen, nicht wahr?

Die Frage ist: Wer ist *jetzt* derjenige, dem ich dies und jenes sagen müsste, bevor es zu spät ist? Wo ist einer, bei dem ich nicht warten sollte, bis er die Neonröhren in sich anknipst? Bei dem ich nicht zögern und zögern und zögern darf, bis plötzlich eine Fremde vor mich tritt und sagt, Sie waren doch auch mit ihm befreundet, und ich muss fragen: Wieso *waren*?

Ja, Ben, vielleicht, sicher …

Da sind wir wieder bei den Fassaden.

Sind Freunde nicht die Leute, die Dinge von dir wissen, die alle anderen nicht wissen? Ist das nicht eine Art Definition? Und mit denen du über Dinge reden kannst, über die du mit anderen nicht sprichst? Nicht sprechen kannst? Nicht sprechen willst? Ist nicht auch Freundschaft, wie die Zufriedenheit, etwas Stilles, etwas, was nicht behauptet werden muss und nicht behauptet werden sollte, was mit den Jahren wächst und an dem man arbeiten muss? Etwas Seltenes auch – oder: Wie viele Freunde kann man haben? Wie viele solcher Beziehungen passen in ein Leben, wenn man es ehrlich meint?

Ich hatte einmal einen Freund. Mit ihm verbrachte ich viel Zeit.

Wolfgang.

Er hatte etliche Jahre in London gelebt und dort einigen Erfolg als Galerist gehabt, denn er hatte einen Star in der Bildhauerei entdeckt, als der noch kein Star gewesen war. So was kann sehr lukrativ sein und war es auch, ein Zufall im Grunde, aber mein Freund hatte den Mann gefördert, hatte ihn fördern können, weil ihm seine Eltern aus einem florierenden Landmaschinenhandel ein mittelgroßes Vermögen hinterlassen hatten, mit dem er sich seine Existenz hatte aufbauen können. Das Geld hatte wiederum dieser Bildhauer gut gebrauchen können, und Wolfgang konnte den Bildhauer gut gebrauchen.

Übrigens hieß die Galerie in London sogar *Wolfgang*, das hat ja im Englischen so eine Bedeutung wie … Ich weiß nicht, hat es eine Bedeutung? So gut ist mein Englisch ja nicht … Also, *wolf pack* ist das Wolfsrudel, aber *wolf gang*, Wolfsbande, nicht wahr, *gang of wolves*, geht das überhaupt? Es klingt irgendwie verwegen und hart und wild, alles, was Künstler gerne sein wollen, also, es funktionierte jedenfalls, mit diesem Bildhauer und noch zwei, drei anderen.

In London lernte Wolfgang seine Frau kennen, eine Luxemburgerin, sie bekamen drei Kinder, und weil sie wollten, dass die Kinder in Deutschland aufwuchsen, zogen sie hierher. Da hatte jener Bildhauer Wolfgangs Galerie schon verlassen und war zu einem großen, weltweiten Galerie-Konzern gewechselt.

Wir begegneten uns hier eines Abends zum ersten Mal, auf einer Party, die er veranstaltete. Er hatte ein großes Talent als Gastgeber, wir verbrachten später viele Abende bei ihm, er beherrschte diese Stunden immer mit einer zurückhaltenden Warmherzigkeit, war gebildet, man konnte mit ihm über viele Themen sprechen. Es war immer interessant, was er zu sagen hatte, egal ob Film, Literatur, auch Musik – und natürlich bildende Kunst, das war ja sein Metier.

Nur ein Bereich blieb immer seltsam leer: Was würde er nun tun, hier in Deutschland?

Er sprach von einer neuen Galerie, von vielversprechenden Kontakten, davon, dass etwas aufzubauen sei, dass dies Zeit benötige. Einmal besuchte ich ihn in seinem angemieteten Büro in bester Lage, aber da war nichts, kein Mitarbeiter zu sehen, keine Schreibtische, nur ein karg möbliertes Zimmer, die anderen Räume: leer.

Das werde alles noch werden, sagte er, es dauere ....

Es war offensichtlich, dass er nicht nur uns, sondern eigentlich auch sich selbst etwas vormachte. Er malte ja nichts aus von seinen Plänen, er entwarf nichts vor unseren Augen, skizzierte nicht einmal, nein, er wich immer rasch aus auf andere Themen, fragte nach unseren Vorhaben, brillierte mit seinen Kenntnissen der internationalen Galerie-Szene. Erst viel später begriff ich, woher er die hatte: Er tat den ganzen Tag nichts anderes, als internationale Zeitungen zu lesen, Fachmagazine, Internetseiten. Er war, glaube ich heute zu wissen, komplett blockiert, wusste einfach nicht, was er tun sollte, hier, ohne seinen Bildhauer-Star, ohne den Zufall, der ihm damals, vor langer Zeit, diese Zusammenarbeit beschert hatte.

Er *spielte* den großen Galeristen nur noch, der er gewesen war, aber in Wahrheit wusste er nicht mehr: was tun?

Und er gab sein Vermögen aus, um dieses Spiel spielen zu können. Er lebte auf großem Fuße, residierte im Penthouse mitten in der Stadt, und wählte man seine Nummer, erwischte man ihn, zum Beispiel, am Rand der Kunst-Biennale in Venedig oder in Sils

Maria, wo er mit Frau und Kindern, nicht weit von St. Moritz, den Winterurlaub verbrachte, im *Waldhaus*. Er drehte den Hahn auf, und das Geld floss ab.

Ich sagte, er habe doch immer von einer neuen Galerie gesprochen, hier in unserer Stadt, einem Zentrum der Kunst, voller Galerien. Was damit sei, fragte ich. Er redete dann von vielversprechenden Kontakten, einiges bahne sich an, aber es sei eben eine schwierige Branche, das meiste funktioniere nur langfristig, er *scoute* immer noch junge Künstler, ja, er benutzte das Wort *scouten*, ich erinnere mich. Möglicherweise orientiere er sich bald auch Richtung Köln, sagte er, dort sei in seinem Metier doch einiges mehr los.

Dann fragte er wieder nach dem, was ich so täte, und weil ich einer bin, der gerne gefragt wird, was er so tut, und der auf solche Fragen auch gerne antwortet, blieb es dabei. Ich fühlte mich aufgehoben bei ihm. Es gibt nicht viele, die sich so eingehend nach meiner Arbeit und meinem Wohlergehen erkundigen, also nahm ich es freudig hin. Aber er selbst verschwand immer mehr im Undeutlichen, im Vagen, im Nebel an solchen Tagen – und genau dorthin ist er eines Tages auch ganz abgehauen. Er war nämlich irgendwann wirklich weg, ohne sich zu verabschieden, ohne irgendeine Nachricht, einfach weg. An seinem Handy antwortete er nicht mehr, seine Mail-Adresse: tot. Natürlich hörte ich dieses und jenes, seine Ehe sei zerbrochen, sein Geld wirklich zu Ende gegangen, er lebe nun in Irland in einem winzigen Häuschen, das er über die Zeiten habe retten können.

Das war alles, Gerüchte, Andeutungen, Geschichten. Von ihm selbst: nichts. Mir blieb nur, mir die Dinge zusammenzureimen: dass er ohne die Erzählung seines Lebens, in der er selbst gelebt hatte, einfach nicht existieren wollte oder konnte. Jedenfalls nicht hier, bei uns.

Ich denke an ein Wochenende, das wir zu zweit in einer kleinen Pension in den Bergen verbrachten, für mich normal bei meinem Gehalt, ein wirklich einfaches Haus, dessen Gegebenheiten in krassem Gegensatz standen zu Wolfgangs sonstigem Leben, den teuren Weinen, dem Hotel in Sils Maria, der Aussicht von der Terrasse seines Penthouses.

Und wissen Sie was?

Er war begeistert. Er jubelte über diese Einfachheit. Es war, als wäre eine Last von ihm gefallen, als er zum Frühstück nur Brot mit etwas Speck bekam und normalen Kaffee, und als wir abends in einem Wirtshaus saßen, in dem ein Braten neun Euro kostete.

Es war, als entdeckte er plötzlich, wie man ja auch leben könnte.

Aber es änderte sich nichts.

Er lebte weiter, wie er gelebt hatte.

Er konnte nicht aus seiner Haut, er fand den Weg nicht heraus aus seiner eigenen Geschichte, jedenfalls: bis es anders nicht mehr ging.

Ich denke: War es ein Fehler, mit ihm so viel Zeit verbracht zu haben? War es vergeudete Zeit in einer falschen Welt?

Hier ist noch eine andere Geschichte von ihm, da saßen wir mit ein paar Leuten auf meinem Balkon und redeten über dies und jenes, und plötzlich erzählte er eine Geschichte von einem schrecklichen Unfall, den er in seiner Jugend gehabt hatte. Er war mit jemand im Auto gefahren, der Wagen war von der Straße abgekommen und hatte sich überschlagen, er blieb in der braunen lehmigen Erde eines Ackers praktisch stecken, die rechte Seite hineingerammt in den Boden, und dann sei da diese Stille gewesen im Auto, kein Geräusch mehr nach all dem Gerumpel und Geknirsche und Geschrei. Er sei aufgewacht wie aus einem Traum, sagte Wolfgang damals, er habe dann den Namen des Fahrers gerufen, ohne Antwort, noch einmal gerufen, ohne Antwort, und dann habe er gemerkt, dass der Fahrer, ein Schulkamerad, der gerade den Führerschein gemacht hatte, mit dem Kopf auf seinem Schoß lag, vom Fahrersitz herübergefallen, denn er hatte sich nicht angeschnallt, nicht ungewöhnlich damals, als es noch nicht die gellenden Piepser gab, mit denen heute jedes Auto einen zum Angurten aufruft.

Und das Blut des Freundes sickerte aus dem Kopf heraus auf Wolfgangs Hose und lief in seine Schuhe, und er war tot, der Freund.

Das erzählte Wolfgang *plötzlich*, so ganz unvermittelt, wissen Sie!

Und seine Frau sagte: »Aber das hast du ja noch nie erzählt!«

Und er antwortete: »Na ja, das ist ja auch was sehr Persönliches.«

Ich erinnere mich an das Lachen, das ausbrach, an Wolfgangs erschrockenes Gesicht. Es war ein Lachen, das nur dieser unbeholfenen Formulierung galt, das aber selbst zutiefst unbeholfen war.

Das ist auch was sehr Persönliches. Was könnte denn noch persönlicher sein?!

Also denke ich heute, dass es vielleicht *das einzige Mal* war, dass ich wirklich hinter Wolfgangs Kulissen geblickt hatte.

Und ich hatte dabei gelacht.

Kein Wunder eigentlich, das alles.

Was für ein Idiot ich doch war: Man hätte sich dieses Lachen noch erlauben können, aber dann ... Solche Dinge in sich vergraben zu haben, sie ganz allein mit sich herumzutragen, das muss zermürbend sein, zerstörend. Warum habe ich darüber mit ihm nicht gesprochen, irgendwann?

Es gibt Tage, an denen tut es mir nicht leid, den Mann aus meinem Leben verloren zu haben, es fühlte sich alles zu falsch an, immer, schon in jenen Zeiten, als wir uns noch sahen. Ich kam mir als Teil einer Inszenierung vor, empfand das als Missbrauch und verachtete mich für die Bequemlichkeit, mit der ich das akzeptierte.

Aber in Wahrheit ...

Wenn Wolfgang heute um die Ecke käme und sagen würde, lass uns über alles noch mal reden – natürlich würde ich das tun. Gerne würde ich es tun. Man muss vergessen können, vergeben und sich versöhnen, ohne das wird's schwierig im Leben. Vielleicht sollte ich mir selbst seine Nummer besorgen, ihn anrufen, vielleicht gehört es aber auch zu dieser Sache, *dass er es tun müsste*, aber vielleicht ist genau das der Fehler: so zu denken …?!

Oder ist der Fehler ein ganz anderer?

Was hat er mir denn schon getan? Er hat sein eigenes Leben vergeigt, mir hat er doch im Grunde nie etwas getan. Es gibt eigentlich nichts, was ich ihm vorzuwerfen hätte, nicht wahr? Allenfalls an mir selbst gäbe es dies und jenes auszusetzen, denn worum es hier geht, das ist doch: dass eine Freundschaft nicht gelungen ist, obwohl sie vielleicht hätte gelingen können.

Im Übrigen: Woher will ich überhaupt wissen, dass er sein Leben versemmelt hat? Vielleicht ist er, in seinem Häuschen in Irland, zum ersten Mal zufrieden, glücklich, bei sich selbst angekommen?

Vielleicht ist ihm etwas *gelungen*, nach all den Jahrzehnten?

Worum geht es bei meiner Arbeit?

Worum geht es *mir* bei meiner Arbeit?

Ich sage mal so: Es geht mir um das Verstehen, um den Versuch zu begreifen, wie Menschen gewesen sind, warum sie so gewesen sind und was es für uns andere bedeutet hat, dass sie so gewesen sind. Es geht darum, das eigene Leben und das der anderen nicht einfach hinzunehmen und, wie soll ich sagen?, *zu absolvieren*, sondern es immer neu zu betrachten, zu bestaunen, zu bewundern: wie Menschen sich durchschlagen, durchkämpfen, durchackern, welche Ideen sie, vom Leben herausgefordert, entwickelt haben, wie sie sich dem Leben gestellt haben – und dem Tod.

In jedem einzelnen Fall.

Gibt es ein Ziel, ein zu formulierendes Ziel: wie man im Leben sein sollte, was man irgendwann im Leben erreicht haben sollte?, habe ich kürzlich, sehr überraschend, das muss ich schon sagen, den Kreisslmayr, meinen Zeitungshändler, gefragt – einfach mal so, um zu hören, was er sagt und wie er reagiert, und weil ich im Moment so sehr mit dieser Rede beschäftigt bin, dass ich schon morgens an nichts anderes mehr denke.

Also, *ich habe die Frage mal so rausgeschossen.*

Und er hat, ohne die geringste Überraschung zu zeigen, eines der *Tagebücher des unbedeutenden Weltgeschehens* hervorgeholt und mir eine kleine Meldung gezeigt, in der es um einen alten Mann ging, *einen wirklich alten Mann*, hundertzwei Jahre alt. In dessen Haus brach jemand ein, versuchte es zunächst am Glas einer Kellertür, scheiterte dort, kletterte dann auf einen Balkon im ersten Stock und zerklopfte dort ein Fenster.

Wobei er sich schnitt.

Er blutete.

Dann knipste er das Licht an, vielleicht, um seine Verletzung zu kontrollieren, möglicherweise, um seinem Handwerk besser nachgehen zu können, wer weiß?

Jedenfalls erwachte davon der Bewohner des Hauses, ebenjener Greis.

Kreisslmayr las jetzt vor, ungefähr so: »Was nun passierte, ist entweder dem hohen Alter des Rentners zuzuschreiben oder der Tatsache, dass er extrem cool ist. Jedenfalls bemerkte der Hundertzweijährige die blutende Schnittwunde an der linken Hand des Einbrechers und verband sie. Dann begleitete er den Einbrecher zur Tür. Die Fürsorge rührte offenbar auch den Einbrecher so sehr, dass er als Dankeschön dem Rentner zehn Euro anbot. Das aber lehnte der alte Mann ab. Und dann ging der Einbrecher hinaus in die Nacht.«

Da haben wir doch, sagte ich, was man im Leben zu erreichen versuchen sollte: hohes Alter und extreme Coolness.

Die Frage ist nur, sagte Kreisslmayr, ob es auch möglich sein könnte, extrem cool zu werden, bevor man hundertzwei wird.

Ich habe kürzlich einen Film gesehen, *Lucky* von John Carroll Lynch. In der Hauptrolle Harry Dean Stanton, der einer der berühmtesten Nebendarsteller Hollywoods war. Aber hier spielt er seine letzte und größte *Hauptrolle*.

Er starb 2017, kaum dass der Film in den Kinos war. Einundneunzig Jahre alt.

Wusste ich alles nicht. Habe ich erst gelesen, nachdem ich den Film gesehen hatte.

Jemand hatte mir die DVD geschenkt. Der Film

wird dich interessieren, hatte er gesagt. Er wird dich vielleicht sogar sehr berühren.

Stimmte dann auch.

Stanton spielt in dem Film, was er damals war: einen sehr alten Mann, eben *Lucky*. Der lebt in seinem Haus am Rand einer kleinen amerikanischen Stadt irgendwo in der Wüste, in Arizona oder New Mexico vermutlich. Er ist gefangen in seinen täglichen Routinen: aufwachen, Radio an, eine rauchen, ein paar Gymnastikübungen, ein Glas Milch, Kaffee, dann in die Stadt ins *Diner*, noch ein Kaffee, Kreuzworträtsel, abends in eine Bar, bisschen reden.

Bloody Mary dazu.

Aber eines Tages kippt er morgens vor der Kaffeemaschine aus den Latschen.

Rappelt sich aber wieder hoch, geht ins Krankenhaus, ist eigentlich ganz gesund, trotz des Päckchens Zigaretten pro Tag. Der Arzt, der ihn schon so lange kennt wie die meisten anderen im Städtchen auch, sagt: Du bist nicht krank. Du hast nichts. Du bist eben alt, bloß einfach alt. Nur wenige werden so alt wie du. Nur wenige erleben überhaupt, was du jetzt erlebst. Die meisten haben vorher Krebs oder werden von einem Bus überfahren.

Von da an werden die Dinge im Film nicht grundlegend anders, aber irgendwie werden sie neu sortiert. Lucky merkt plötzlich, dass er zwar allein ist, aber nicht einsam. Er findet eine merkwürdige Erklärung für das Wort *alone*, es sei aus *all* und *one* zusammengesetzt, das stehe so im Lexikon. Er spürt, dass er anderen etwas bedeutet. Er setzt sich mit ihnen auseinander, widerspricht, diskutiert über das Leben und darüber, was der Tod für das Leben bedeutet. Schon zu Beginn hat er eine Erklärung für das in einem seiner Kreuzworträtsel gesuchte Wort *realism* gefunden, *Realismus*: Es bedeute *eine Haltung oder Gewohnheit, eine Sache hinzunehmen, wie sie ist, und der entsprechende Umgang damit*. Das wird für ihn wichtig, in Bezug auf Leben und Tod. Er sagt, er habe Angst. Er hört seinem alten Freund Howard zu, dem seine uralte Schildkröte namens *President Roosevelt* entlaufen ist. Howard vermisst sie und will ihr all sein Geld vermachen für den Fall, dass sie zurückkehrt.

Lucky hat vorher achtlos nicht einmal unterscheiden können, ob *President Roosevelt* eine Land- oder eine Wasserschildkröte ist, nun aber begreift er, was sie dem Freund bedeutet, was ihr Leben *überhaupt* bedeutet. Denn Howard steht plötzlich auf und hält eine ergreifende Rede über *President Roosevelt*: Er …

Sagen Sie mal, was sagt man da jetzt? Sagt man *sie*, weil es eine Schildkröte ist, oder *er*, weil die Kröte *President Roosevelt* heißt, was ist besser? Oder ist es egal?

Sagen wir: *sie* … Unwillkürlich würde ich immer *sie* sagen.

Howard hält also eine ergreifende, *auch ihn selbst* ergreifende Rede: Er, also *President Roosevelt* jetzt – ja, da haben wir es: Er sagt *he*, also *er*, *er* sei edel wie ein

König und gutherzig wie eine Großmutter, in einem Loch in der Wüste geboren, dann aus diesem Loch gekrabbelt, um sich dem Leben zu stellen. Und sein ganzes Leben lang schleppe er seinen Panzer herum, als Schutz, gewiss. Aber es sei auch der Sarg, in dem er begraben werde. Und dann, ja, er habe ihn bewegt, berührt, *he affected me*, ob sie das verstünden? »Es gibt ein paar Dinge im Universum, Herrschaften, die größer sind als wir alle. Und eine Landschildkröte ist eins davon.«

Als der Film aufhört, lächelt Lucky, vor einem uralten Kaktus in der Wüste stehend. Er lächelt den Kaktus an.

Dann geht er weg, seinem Schicksal entgegen.

Und *President Roosevelt*, *die*, nein, *der* anfangs von rechts nach links durchs Bild kroch und also flüchtete, kriecht nun von links nach rechts und kehrt zurück.

Ich habe den Film anderthalb Jahre nach dem Tod Harry Dean Stantons gesehen. Von dem hatte ich, wie gesagt, vorher nie etwas gehört.

Kann man einen Nachruf auf einen Mann schreiben, anderthalb Jahre nach seinem Tod? Ist es also erlaubt, unter den *Toten der Woche* auch solche zu verzeichnen, deren Tod man, als er sich ereignete, nicht registriert hat, weil man davon eben nichts wusste? Denn man hatte ja nicht einmal vom *Leben* dieses Menschen eine Ahnung!

Ich habe es jedenfalls gemacht, denn, ich sage mal

so: Wer Nachrufe auf Christopher Moltisanti und Tony Soprano geschrieben hat, der kann auch das.

War natürlich sofort wieder der Chefredakteur in der Leitung: ob ich verrückt geworden sei? Einen Nachruf auf einen vor achtzehn Monaten Verstorbenen?! Dies sei eine *Tageszeitung*!

Was soll ich machen?, habe ich gefragt, ich wusste nichts von Harry Dean Stanton, und jetzt ist er plötzlich sehr bedeutend für mich wegen dieses Films, den ich geschenkt bekommen habe, und ich erfahre, dass er gestorben ist. Ist es dann nicht egal, wann er starb? Für mich starb er eben jetzt!

Dann können Sie auch einen Nachruf auf Epiktet schreiben, sagte er, weil: Von dem haben Sie mir auch erst neulich erzählt, weil Sie zum ersten Mal sein *Handbüchlein der Moral* gelesen hatten.

Sie bringen mich auf eine Idee! Und vielleicht sollte ich eines Tages auch einen Nachruf auf *President Roosevelt* schreiben, falls sie einmal stirbt.

Aber Präsident Roosevelt ist schon sehr lange tot. Und wieso: *sie*?

Ach …

Der Text kann nicht erscheinen.

Aber Sie kennen ihn doch noch gar nicht.

Darauf kommt es nicht an.

Dann können Sie auch gleich einen Nachruf auf mich verfassen. Jedenfalls eine Würdigung meiner jahrzehntelangen Tätigkeit hier.

Sterben Sie?

Nein, aber diese Sache ist mir zu wichtig, um einfach weiterzumachen, wenn ich mich nicht durchsetzen kann.

Mann …!!! Na gut, dann … dann lese ich halt diese Woche Ihre Seite nicht.

Das freut mich.

Das freut Sie?

Ja, aber nur dieses eine Mal halt.

Das sage ich Ihnen auch: Aber nur dieses eine Mal!

Verlange nicht, dass das, was geschieht, so geschieht, wie du es wünschst, sondern wünsche, dass es so geschieht, wie es geschieht, und dein Leben wird heiter dahinströmen, deklamierte ich.

Von wem ist das?

Epiktet. Ich erkläre es Ihnen in meinem Nachruf auf ihn, nächste Woche.

Er legte auf.

Kein Mann mit viel Humor.

Aber einer, der sich überzeugen lässt. Guter Typ.

Hören Sie, noch ein Wort zu dieser Landschildkröte: Was macht sie diesem Mann Howard so wichtig?

Sie hat ihn *bewegt*.

Und meine Frage an Sie ist nun: Ist es nicht das, worauf es im Leben ankommt? Etwas zu finden, das Sie berührt, packt, mitnimmt, ergreift? Nicht gleichgültig lässt?

Zu dem Sie eine Verbindung spüren, haben wollen, aufbauen können? Etwas, was Sie hier hält? Ein Mensch, ein Berg, eine Kröte, ein Kaktus? Eine Arbeit?

Eine Liebe? Eine Freundschaft? Oder zwei?
Eine Begeisterung?

Worum geht es bei einer solchen Suche anderes als um den Sinn des Lebens, um das, worüber wir vorhin schon mal geredet haben: *wozu wir da sind*. Es bringt den Menschen ja eigentlich nicht weiter, wenn er nach diesem Sinn einfach nur fragt und von irgendwoher eine Antwort erwartet. Die wird nicht kommen. Denn er selbst ist es doch, der seinem Leben einen Sinn geben muss.

Der Psychologe Viktor Frankl hat die Konzentrationslager Theresienstadt, Auschwitz, Kaufering und auch eine Außenstelle des Lagers Dachau überlebt und danach ein Buch geschrieben … *Trotzdem Ja zum Leben sagen* heißt es, und wahrscheinlich ist das eines der wichtigsten Bücher, die jemals über das geschrieben worden sind, was man den Sinn des Lebens nennen könnte.

Finde ich jedenfalls.

Bei Frankl steht, »dass es eigentlich nie und nimmer darauf ankommt, was wir vom Leben noch zu erwarten haben, vielmehr lediglich darauf: was das Leben von uns erwartet«! Das Leben stellt uns Fragen, täglich, stündlich, und eine der besten Antworten darauf ist es zu handeln, eine Energie zu erzeugen, die einen voranbringt, mit der man das Leben beeinflussen, es gestalten kann. Wer nur nach Sinn fragt, ist passiv, der nimmt das Leben hin. Wer aber selbst diesen Sinn schaffen will, der ist aktiv, der nimmt das als Herausforderung. Leben, hat Frankl geschrieben, »heißt letztlich nichts anderes als: Verantwortung tragen für die rechte Beantwortung der Lebensfragen, für die Erfüllung der Aufgaben, die jedem Einzelnen das Leben stellt, für die Erfüllung der Forderung der Stunde«.

Wobei Leben hier als etwas sehr Konkretes gemeint ist, denn in jeder denkbaren Situation ist der Mensch zu etwas anderem aufgerufen, manchmal verlangt das Leben, dass er handelt, dann wieder, dass er einfach sein Schicksal auf sich nimmt – immer aber ist es etwas Einzigartiges, und wenn nun dieses Leben dem Menschen ein Leid auferlege, hat Frankl geschrieben, dem zusammen mit seinen Schicksalsgenossen in den Lagern größtes Leid auferlegt wurde, dann müsse er sich zu der Erkenntnis durchringen, dass dieses Leid im Kosmos einzigartig und einmalig sei und niemand ihm dieses Leid abnehmen könne – und darin liege, so Frankl, »auch die einmalige Möglichkeit zu einer einzigartigen Leistung«.

Und wenn man vom Draht ins Leben redet, von der Verbindung zu anderen, dann fällt mir jene Rede ein, die Frankl im Lager seinen Schicksalsgenossen gehalten hat, er schildert das im Buch.

»Auf jeden von uns, sagte ich ihnen, sehe in diesen schweren Stunden und erst recht in der für viele von uns nahenden letzten Stunde irgendjemand mit forderndem Blick herab, ein Freund oder eine Frau, ein Lebender oder ein Toter – oder ein Gott. Und er erwarte von uns, daß wir ihn nicht enttäuschen und daß wir nicht armselig, sondern stolz zu leiden und zu sterben verstehen!«

Das hat eine menschliche Größe, zu der wir nur stumm aufschauen können, nicht wahr?

Wozu sind wir da?

Ich würde sagen: Keine Ahnung erst mal.

Niemand wird uns diese Frage jemals glaubwürdig beantworten, niemand wird uns je sagen, wozu wir da sind, also müssen wir es selbst tun, wenn uns an einer Antwort gelegen ist. Auch jene, die an einen Gott welcher Art auch immer glauben, *haben es selbst getan*, mag sein, dass sie selbst das anders sehen, aber das ist nun schon Teil des Glaubens. Das heißt: Wenn wir wollen, dass unser Leben gelingt, dann müssen wir uns das Gelingen selbst als Aufgabe stellen. Und die Frage, was das ist, ein gelungenes Leben, muss jeder für sich selbst beantworten, ebenso wie er die Antwort geben muss, ob er sein Leben für gelungen hält, wie es ist und wie es war.

Hört sich sehr simpel an, oder? Ist auch sehr einfach. Es gibt verschiedene Wahrheiten über das Leben, die sehr einfach sind. Das ist eigentlich erstaunlich: Man versinkt nach langem Nachdenken nicht unbedingt im unendlich Schwierigen, sondern kommt bei etwas sehr Einfachem an.

Genieße im Leben, was du hast und bekommst, versöhne dich mit dem, was du nicht bekommen kannst, das ist eine von diesen Erkenntnissen.

Auch das ist sehr einfach.

Ich denke gerade, vielleicht hat mich das immer davon abgehalten, solche Reden zu halten: der Respekt vor dem Thema. Gleichzeitig die Befürchtung, es könnte zu einfach sein, was ich zu sagen habe. Und das Gefühl, das Thema könnte mir zu nahe kommen – was ja, wie wir gesehen haben, auch der Fall ist. Nur: Wenn man sich mit einundsechzig die Frage nicht stellt, wann dann? Also werde ich in dieser Rede sagen, was ich zu sagen habe, zum Beispiel: In Zeiten wie diesen, in denen wir von allen möglichen Seiten mit Tabletten, Geschrei und Botschaften, mit Meditations-Apps auf dem Handy und auf der *Apple*-Armbanduhr blinkenden Verhaltensmaßregeln aller Art umstellt sind und zugerichtet werden, *in diesen Zeiten* kommt es darauf an, das eigene Leben mit sehr klassischen Mitteln ganz grundsätzlich zu betrachten.

Lesen Sie also die alten Philosophen, vertiefen Sie sich in große Romane, halten Sie sich fern von all den Ironikern und Sarkasten, verlieren Sie sich nicht in den tausend Zerstreuungen unserer Welt, sondern vertiefen Sie sich.

Mein Vorschlag.

Wissen Sie, ich glaube an das, was ich da tue, mit den *Toten der Woche.* Aber mache ich es richtig?

Es gab und gibt Leute, die wirklich großartige Nachrufe geschrieben haben, tausendmal besser als ich. Wobei, bei mir, kommt es da wirklich auf den einzelnen Nachruf an? Geht es nicht eher um das Gesamtbild, also die Zusammenschau so vieler Leben, das Gemälde einer Gesellschaft? Das hört sich jetzt so großartig an, großmäulig auch, aber wenn Sie Ihr Leben lang so was machen, dann müssen Sie da mit einem, wie soll ich sagen?, großrahmigen Anspruch rangehen, sonst schaffen Sie das nicht. Müssen Sie gar nicht erst anfangen.

Andererseits: Gesamtbild …

Ist es nicht zynisch, diese ganzen einzelnen Leben zu *benutzen* für meinen Zweck? Und dieser gerade eben so dahingesagte Satz, ob es wirklich auf den einzelnen Nachruf ankomme …

Bitte, ein bisschen zynisch war das schon, respektlos gegenüber jedem Einzelnen.

Ich muss aufpassen …

Jedenfalls war einer von denen, die bessere Nachrufe geschrieben haben als ich, ja, eigentlich der beste Autor von Nachrufen überhaupt, der Filmkritiker Michael Althen. Der starb mit nur achtundvierzig Jahren. Dann wurde er seinerseits mit einem Nachruf gewürdigt, in dem es hieß …

Warten Sie, ich habe das hier irgendwo …

… in dem es also, Moment …, einer seiner besten Freunde hatte das geschrieben, Seidl, Claudius Seidl, und der schrieb eben, Althen habe wie niemand sonst die Kunst beherrscht, »diese Menschen, die doch eben gestorben waren, so genau zu beschreiben und so sehr zu lieben, dass sie noch einmal so lebendig wurden, wie sie es dann bleiben sollten in unserer Erinnerung«.

Das ist schon Wahnsinn, nicht wahr? Dass man mit einem Nachruf jemanden wieder lebendig macht!

Nehmen wir den Filmregisseur Michelangelo Antonioni, der Jahrgang 1912 war und also damals, als Althen schrieb, schon so betagt und auch gebrechlich war, dass man ständig sein Ableben fürchten musste. Sodass Althen …

Achtung, jetzt muss man wissen, dass er es ablehnte, Nachrufe sozusagen auf Halde zu verfassen, also noch zu Lebzeiten des zum baldigen Sterben Vorgesehenen, einfach, weil es etwas anderes sei, wie er sehr richtig argumentierte, ob man so etwas schreibt aus einem echten Gefühl heraus oder aus einer quasi künstlich produzierten Trauer. Wie recht er damit hatte, zeigt ja mein eigenes Erleben mit dieser Oposchonskow-Geschichte, die ich Ihnen erzählt habe, wobei es da eher um eine Art Künstlerpech ging, hier aber …

Wie auch immer. Althen schrieb ungern so etwas auf Vorrat.

Aber dann tat er es doch. Einmal. Zum vielleicht ersten und in jedem Fall zum letzten Mal.

Weil er nämlich endlich in Ruhe Urlaub machen wollte, ich glaube, an einem Ort, wo er schwer zu erreichen sein würde; solche Orte gab es damals, 2007, noch. Er verfasste also einen Nachruf auf Antonioni, in der Nacht vor seiner Abreise tat er das.

Fuhr dann weg.

Am folgenden Tag starb Antonioni.

Da kann man Schuldgefühle bekommen, nicht wahr? Da kann der Gedanke auftauchen, dass der Regisseur sich quasi endgültig niederlegte, weil nun sein Nachruf fertig war, der Nachruf des damals in Deutschland wichtigsten Filmkritikers …

Ich bin kein Cineast. Und ich wusste deshalb praktisch nichts von Antonioni. Althen aber schrieb: »Wenn es stimmt, dass die Größe eines Regisseurs in der Zärtlichkeit besteht, die er der Welt und ihren Dingen gegenüber aufbringt, dann gehört Antonionis Werk zum Größten, was das erste Jahrhundert des Kinos hervorgebracht hat.«

Das hat mich umgehauen.

Zärtlichkeit der Welt gegenüber.

Das ist es, oder?

Die Welt mit Zärtlichkeit betrachten.

Wenn es um das gelungene Leben geht, dann ist das vielleicht genau der Punkt. Dass es einem gelingt, diese Zärtlichkeit der Welt gegenüber eben *aufzubringen*, vielleicht ist es das Geheimnis. Die Welt zu lieben.

Möglicherweise liebt sie dich dann auch zurück?

Antonioni ist vierundneunzig Jahre alt geworden, seltsam, ich erwische mich immer wieder bei diesem magischen Denken: Wenn du die Welt mit Zärtlichkeit betrachtest, wird sie dich auch zärtlich anschauen und sehr alt werden lassen, also, bitte …

Nein, eben, so funktioniert es nicht, leider.

Man muss, wenn es um die Frage geht, wie die Welt dich anschaut, man muss als Erstes wohl einmal verstehen, dass du der Welt gleichgültig bist. Dass es keine Gerechtigkeit gibt, sondern das Schicksal uns Mal um Mal, Krankheit um Krankheit, Tod um Tod seine ewige Lehre einprügeln will: Begreif es endlich, dies alles hier ist nicht gerecht! Es geschieht. Nimm es hin. Lerne, es hinzunehmen. Frage nie: Warum ich? Warum ich nicht? Die Frage führt nirgendwohin. Merk es dir! Das Schicksal teilt seine Schläge wahllos aus.

Na, das sagt sich so dahin.

Die Palliativmedizinerin, die ich vorhin zitierte, hat gesagt, sie ringe oft damit, dass das Leben etwas sehr Ungerechtes habe. Manche Menschen trügen einen schweren Rucksack durch das Leben, andere segelten geradezu unbeschwert hindurch. Sie, die Ärztin, bekomme beides mit. Die Frau Anfang vierzig mit fortgeschrittener Tumorerkrankung, drei Kindern, alleinerziehend und arbeitslos. Oder Menschen, die alkoholkranke Eltern haben, die Gewalt seit der Kindheit erfahren – das präge ein ganzes Leben. In solchen Momenten könne man nur eines tun: aushalten und nicht weggehen. Aushalten, dass man sich hilflos fühle.

Natürlich ist nichts dagegen zu sagen, lange leben zu wollen, darum ringen wir alle, niemand möchte vor der Zeit ins Grab fallen, und ich halte viel davon, gesund zu leben und zu bleiben.

Aber *das lange Leben* ist etwas anderes als *das gelungene Leben*. Über die Frage des Gelingens wird jeden Tag entschieden, jede Stunde.

Es funktioniert also nicht, wenn du dir etwas erwartest davon, wie du die Welt betrachtest, wenn du es quasi als Geschäft siehst: Was gibst du mir, wenn ich dich mit Zärtlichkeit betrachte?

So läuft das nicht.

Ich persönlich schließe daraus: Du darfst nicht fragen, was du bekommst, wenn du etwas gibst.

Gib einfach!

Andererseits: So sind wir Menschen nicht, oder? Wir wollen immer auch *etwas haben*.

Ist das schlimm?

Es ist halt so.

Man kann es trotzdem anders zu machen versuchen.

Sehen Sie mal, gestern hier auf der Straße, es war Sonntag, ich kam mit meinem Fahrrad von einer kleinen Tour zum See zurück, vor dem Frühstück, der Tag hatte noch nicht richtig begonnen. Da schließe ich die Haustür auf, und quer über die Straße kommt mir ein Afrikaner entgegen, der sah elend aus, traurige Augen und so aufgesprungene Lippen, ein verschlissener blauer Anorak, ein kleiner gelber Rucksack.

Er kam direkt auf mich zu.

In gebrochenem Englisch sagte er, er müsse nach Hannover, mit dem Zug, und ihm fehlten noch zwanzig Euro für eine Fahrkarte, zwanzig Euro, dann könne er nach Hannover fahren, jetzt, in einer Stunde, nach Hannover, wo Verwandte lebten. Ich sah ihn an, und natürlich sah ich nicht nur ihn, ich sah auch die Leute, die in Italien oder Griechenland aus den Booten steigen, dem Tod knapp entronnen. Dann drückte ich ihm zwanzig Euro in die Hand.

Und er sagte, er habe Hunger.

Und ich sagte, da seien ja nun zwanzig Euro, und da drüben gehe ein Mann und dahinten ein anderer, die könne er ja auch noch fragen.

Er starrte links neben mich und sagte, er habe Hunger.

Ich nahm ihm die zwanzig Euro, die er noch hielt, aus der Hand und sagte, komm, wir gehen in die Bäckerei, und er folgte mir in die Bäckerei, die sich einige Häuser weiter befindet. Dort standen wir vor dem Tresen, und ich sagte zur Verkäuferin, der junge Mann hier habe Hunger, sie möge ihm geben, was er wünsche, ich würde es bezahlen. Und er zeigte auf die Croissants (eines wanderte in die Tüte), er zeigte auf die Brezen (eine wanderte in die Tüte), er zeigte auf die Semmeln (zwei in die Tüte), er wies auf die Rosinenschnecken (eine), dann auf die Kuchen – und ich sagte, das reiche aber doch nun. Und zahlte.

Er nahm die Tüte und fragte nach den zwanzig Euro.

Ich gab ihm das Wechselgeld.

Er ging wortlos zur Tür und hinaus.

Ein Dankeschön wäre ja auch nett gewesen, sagte die Verkäuferin.

Ich zuckte die Achseln.

Was weiß ich?!, sagte ich. Ich weiß nicht, woher der Mann kommt, ich weiß nicht, wohin er will, ich habe keine Ahnung, was er erlebt hat, ich werde es auch nicht erfahren, denn er spricht meine Sprache nicht und ich nicht seine. Vermutlich hat er auf seinem langen Weg nicht viel Freundlichkeit erfahren, vielleicht hat er seine Freundlichkeit einfach verloren, vielleicht hatte er auch nie eine, ich weiß es nicht.

Ich glaube, sie verachten uns, sagte die Verkäuferin. Sie spüren unsere Schuldgefühle, sie denken, wir seien so unermesslich reich, sie wissen nichts von uns. Und wir nichts von ihnen, nicht wirklich.

Sie, sagte ich, was heißt hier *sie*, es war doch nur *dieser eine Mann*.

Abends sagte meine Frau, ein Afrikaner habe sie, zwei Straßen weiter, um zwanzig Euro gebeten, aber sie habe kein Geld dabeigehabt.

Blauer Anorak, gelber Rucksack?

Ja, woher …?

Er wollte nach Hannover, sagte ich. Oder auch nicht.

Kennst du den Mann?

Nein, sagte ich, ich kenne ihn eben nicht. Aber er ist mir auch begegnet.

In mir rumorte einiges nach dieser Geschichte, Mitleid, Enttäuschung, Ärger, Unwissen, Ratlosigkeit.

Habe ich mich richtig verhalten? Hätte ich etwas anders machen müssen?

Sagen Sie's mir!

Aber ist diese Geschichte nicht ein ganz gutes Beispiel dafür, wie eine überraschende Begegnung etwas auslösen kann, wie sie einen beschäftigt, bewegt, vielleicht auch verändert? Jedenfalls finde ich, dass man sich im Leben von solchen Erlebnissen *verunsichern* lassen sollte.

Warum?

Hartmut Rosa, der Soziologe, hat – hier, im *Philosophie Magazin* – gesagt, in eine Beziehung zur Welt zu treten bedeute, »sich von ihr anrufen und verwandeln zu lassen«, beispielsweise durch Betrachtung der Berge oder auch der Sterne, aber eben auch durch eine zufällige Begegnung. Und wenn Sie das tun: Sie wissen nicht, wie es endet! Wohin es überhaupt führt! Die Resonanzerfahrung, sagt Rosa, »ist ergebnisoffen, ich mache mich verwundbar und verletzbar«. Wenn Sie sich so der Welt öffnen, dann gehen Sie ein Risiko ein! Sie werden sich verlieben und werden enttäuscht. Sie wollen zu einer Wanderung aufbrechen, und es regnet die ganze Zeit. Sie lassen sich auf die Lektüre einen Tausend-Seiten-Romans ein, aber es ist ein ganz anderes Buch, als Sie erwartet haben. Es geht also nicht darum, die Welt nach den eigenen Maßstäben verändern zu wollen, jedenfalls nicht nur.

Es geht darum, Erfahrungen zu machen. Es geht darum, sich von der Welt verändern zu lassen. Es geht darum, alles Berechnende zu vergessen und darauf zu hören, was die Welt mir zu sagen hat.

Gibt es im Moment einen wichtigeren Gedanken?

Wir sehen eine ruinierte Umwelt, wir erkennen das Ende jenes Prinzips, das auf die Welt nicht hört, sondern sie nur als etwas betrachtet, was man ausbeutet und verarbeitet, und wir sehen sehr viele Menschen, die sich auf aggressive Weise weigern, dieses Prinzip-Ende zu sehen. Und wir müssen dabei erkennen, dass diese Zerstörung vor allem eines bedeutet: Es werden vielleicht Millionen von Arten aussterben, aber die wichtigste Nachricht dabei ist: Die *dabei* und *dadurch* am meisten bedrohte Art, *das sind wir.*

Der Rosa ist ein kluger Mann, ich habe mir, obwohl ich sein Buch über *Resonanz* noch gar nicht gelesen habe, schon das nächste bestellt, *Unverfügbarkeit* heißt es. In dem Interview hier lese ich, wie er sagt: das menschliche Begehren richte sich immer auf das Unverfügbare, auf alles, was sich unserer Kontrolle entzieht. Wir haben immer danach getrachtet, die Welt unter unsere Kontrolle zu bekommen, und tun es weiter, mit dem Ergebnis, dass es am Ende nichts mehr geben könnte, was noch zu begehren wäre.

Und das wäre sozusagen das Ende des Menschen, oder?

Er zitiert eine sehr schöne Anekdote.

Da wird der Pianist Igor Levit gefragt, ob es ihn nicht anöde, die *Mondscheinsonate* immer wieder zu spielen. Und Levit sagt, es sei eben ganz anders, je häufiger er sie spiele, desto mehr habe er das Gefühl, sie entziehe sich ihm, sie klinge jedes Mal anders, etwas darin bleibe für ihn unverfügbar. Er hoffe, nie an ein Ende zu kommen, denn: »Das macht mich glücklich.«

Aber, das muss man auch sagen – und das sagt eben Rosa dann noch: Es geht ihm nicht darum, dass jeder Mensch sich kleine Unverfügbarkeits-Inseln schaffe, seine Glücksmomente des Begehrens. Es gehe um viel mehr, nämlich um eine Gesellschaft, in der diese Offenheit und dieser Kontakt mit der Welt ganz grundsätzlich nicht nur möglich seien, *sondern praktiziert werden*.

Das ist etwas anderes als unsere Welt, nicht wahr?, als die Welt der Rechthaber, der Herumschreier und der Besserwisser …? Das ist etwas anderes auch als diese Welt, in der es um immer weitere Beschleunigung geht, in der die Menschen immer noch schneller laufen und noch mehr leisten müssen, um noch dabei sein zu können – und in der sie also eine Beziehung zu dieser Welt haben, die zuallererst einmal voller Angst ist, nicht mehr dabei sein zu können, eine Angst, die alles andere dominiert.

Das ist etwas ganz anderes.

Zärtlichkeit.

Nicht ganz leicht, nicht immer leicht, nicht wahr?

Wie wäre es auch mit, zum Beispiel: Staunen? Und ist nicht im Staunen übrigens der Respekt enthalten vor etwas, das größer ist als ich und von dem ich nie mehr als ein Teil sein kann, einer, der darum ringt, aus seiner winzigen Rolle das Beste zu machen?

Ich habe, nachdem ich Althens Nachruf gelesen hatte, einen Antonioni-Film nach dem anderen gesehen, *Zabriskie Point, Blow Up, Liebe in der Stadt, Beruf: Reporter* und, und, und …

Und man kann sagen, dass er tatsächlich für mich den Mann Antonioni überhaupt erst zum Leben erweckt hat, nach seinem Tod, durch seinen Nachruf.

Mir kommt da gerade ein komischer Gedanke.

Nein, nicht *konisch*, KOMISCH!

Wobei es ja auch ein *komischer* Gedanke wäre, wenn es *konische* Gedanken gäbe, also, wenn Gedanken überhaupt ganz grundsätzlich eine Form haben könnten, speerförmig spitz oder einfach rund oder eben kegelförmig, also von einer Grundfläche aus auf einen Punkt zulaufend oder …

Kennen Sie Nicholson Baker, den amerikanischen Schriftsteller?

Der hat mal in einem Aufsatz unter dem Titel *Wie groß sind die Gedanken?* vorgeschlagen, man solle sich das Denken vorstellen wie ein halbes Glas Wein, das auf einem frisch gestärkten Tischtuch ausgekippt worden sei.

Ich lese das mal vor, hier.

Er schrieb:

> *Beobachten Sie, völlig absorbiert, wie die Ränder des Flecks ihren Weg nach außen suchen, dabei jede ausgedörrte Baumwollkapillare Fädchen um*

Fädchen sättigen und dann weiterziehen – eine lautlose, glückliche Explosion ohne bewegliche Teile. Ein Gedanke bewegt sich mit der Geschwindigkeit dieses Flecks voran.

Das ist natürlich einerseits schön, aber dann auch wieder Unsinn, weil es schnelle Gedanken gibt und langsame, es gibt blitzartig verglühende und solche, die – wie das Ungeheuer von Loch Ness – immer mal wieder auftauchen oder auch nicht, dann wieder andere, die vollkommen vergessen am Grund deines Gehirns herumliegen, bis irgendein Windstoß, der durch dein Oberstübchen bläst, sie plötzlich nach oben pustet. Oder weitere Gedanken, die wie nervende Grillen den ganzen Tag in dir herumzirpen.

Und dann gibt es natürlich schon auch diese langsam sickernden Weinglas-Gedanken, ja.

Also, *komischer* Gedanke, sagte ich.

Ich stelle fest, dass ich auf eine bestimmte Art, wenn ich mein Gesicht nicht bewusst kontrolliere, die Mundwinkel nach unten hängen lasse. Das sieht schauderhaft aus, finde ich, habe es ja nur auf Fotos gesehen, gerade neulich auf einem Bild, wo mich jemand fotografiert hatte, als ich zu Hause auf dem Sofa saß und nachdachte – und da sieht man eben die Mundwinkel hängen, als wären Bleigewichte an ihnen befestigt.

Schau-der-haft.

Manchmal stellt sich dann Teresa vor mich hin und

zieht mit dem Finger die Mundwinkel nach oben, und seit ich das weiß, stelle ich mich jeden Tag vor den Spiegel und ziehe ganz bewusst minutenlang die Mundwinkel hoch. Wie ein Training ist das, in der Hoffnung, dass sie dort oben bleiben, die Mundwinkel.

Wussten Sie, dass allein das Ihre Stimmung verändert?

Dass also nicht etwa die Mundwinkel Ihrer Stimmung folgen, sondern die Stimmung den Mundwinkeln?

Stellen Sie sich mal, wenn Sie richtig mies drauf sind, vor den Spiegel und zwingen Sie Ihr Gesicht dazu, Ihnen zuzulächeln. Sie werden sehen, es verändert sich Ihre innere Verfassung. Nur mal so als Tipp. Und weil ich sagte: Zärtlichkeit. Wie ist es, wenn man das nicht nur so dahinsagt, sondern ernst nimmt? Wird man, mit den Mundwinkeln nach oben, Zärtlichkeit nicht leichter empfinden können, als wenn sie in die Tiefe hängen?

Der Versuch ist machbar.

Aber wie soll ich jetzt zum Beispiel Gregor mit Zärtlichkeit betrachten?

Ich versuch's.

Er ist nur eine arme Seele.

Aber es geht noch um etwas anderes in dieser Mundwinkel-Geschichte: Es geht darum, eine Entscheidung zu treffen, die Entscheidung, wie man sein will und wie nicht. Ich habe mich eine Zeit lang mit den stoischen Philosophen beschäftigt, Seneca, Epiktet,

Marc Aurel und so weiter, deren wichtigster Grundsatz ja darin besteht, *im Leben zu begreifen, was wir ändern können und was zu ändern nicht in unserer Macht steht – und sich dann auf das Änderbare zu konzentrieren und das nicht zu Ändernde gelassen hinzunehmen.* Ist doch ein wunderbarer Grundsatz, finden Sie nicht? Man müsste ihn all jenen unter die Nase halten, die in einem verspäteten Zug sitzen und dort einem Schaffner gegenüber die Nerven verlieren. Nur als Beispiel.

Wir haben die Macht über unsere Mundwinkel.

Über die Verspätungen nicht.

Gestern war ich bei einer Beerdigung. Schon drei Tage vorher hatte ich einen kleinen Nachruf auf den Mann geschrieben, den wir da nun zu Grabe trugen.

Er war siebenundneunzig Jahre alt gewesen, er hätte mein Vater sein können, aber er war für kurze Zeit mein Kollege gewesen. Denn damals, als ich vom Bibliothekswesen zur gedruckten Presse wechselte, hatte man mir, bevor ich mit den Nachrufen beginnen konnte, ein Jahr im Lokalteil des Blattes verordnet, wo ich unter die Fittiche dieses Mannes kam. Er sollte mir zeigen, wie die Arbeit läuft bei einer Zeitung, die tägliche Routine, der Zeitdruck, die Hektik, die Sorgfalt trotzdem.

Er tat das auch.

Aber auf seine Weise.

Er war einundsechzig damals, so alt wie ich jetzt. Ich war fünfundzwanzig.

Und *ich* war voll von brennendem Ehrgeiz, ich wollte etwas Neues anfangen, mich bewähren, mich zeigen.

Er sagte mittags, wenn der Betrieb sich gerade warm zu laufen begann, wenn das Programm des Tages sich aufbaute und die Themen an die Autoren vergeben worden waren, wenn also die Maschine, die wir bedienten, immer geschwinder zu surren sich anschickte, da also sagte er an manchen Tagen, er gehe jetzt zum Mittagessen.

Er lebte mit seiner Mutter zusammen, in derselben Wohnung, in der er einundsechzig Jahre zuvor zur Welt gekommen war. Und die Mutter hatte das Mittagessen gekocht, das er auf keinen Fall versäumen wollte. Dorthin ging er, und er kehrte zurück, wenn wir schon auf dem Höhepunkt der Arbeit waren, zwei Stunden später, in aller Gemütsruhe kehrte er zurück, stieg in die Arbeit ein, erledigte sie, bisweilen vergnügt, hin und wieder aber auch leicht ärgerlich, manchmal ein bisschen nachlässig, dann wieder wie von frischer Energie durchströmt.

Er war übrigens kein Junggeselle, er hatte eine Lebensgefährtin, die lebte in einer eigenen Wohnung in einem anderen Stadtteil, sie hatte mehrere Kinder, war aber geschieden, er liebte sie, und sie liebte ihn, und bei der Trauerfeier erfuhr ich, dass er, ganz zu Beginn, einmal zu ihr gesagt hatte, er werde sie nie heiraten, aber er werde mit ihr zusammen ins Altersheim ziehen.

Abends, wenn die Arbeit getan war, hörte man ihn

kurz mit ihr telefonieren, dann in seinem Stammlokal anrufen, darauf mit breitem Lachen verkünden, er werde nun Knoblauchspaghetti essen gehen, »*meine* Knoblauchspaghetti«.

Dienstags ging er schwimmen, mittwochs Fußball spielen, donnerstags in die Sauna, freitags hatte er seine Kartenrunde. Die Wochenenden verbrachte er in einem kleinen Haus am See. Er fuhr mit einem Volkswagen dorthin, ansonsten nutzte er in der Stadt die Trambahn, nie das Taxi. Am liebsten ging er zu Fuß. Selten war etwas Großes in seinem Leben geschehen, aber es schien eine lange Reihe kleiner Freuden.

Seine Mutter starb, als er in Rente ging. Später pflegte er seine Lebensgefährtin, die Martha. Als sie starb, ging es auch mit ihm dahin, zwei Monate später.

Dass er eigentlich Jurist gewesen war und nebenbei eine kleine Kanzlei betrieb, das wusste ich, hatte es aber vergessen und hörte erst am Grab wieder davon. Er war zur Zeitung gegangen, weil er da nicht so allein war, wie er in einer Kanzlei mit den Akten gewesen wäre. Er war unter Leuten, das freute ihn. Und nebenbei verklagte er manchmal einen geldgierigen Vermieter.

Als er starb, hinterließ er keine großen Spuren im Leben. Aber er hatte dieses Leben geliebt und das Leben ihn.

Was habe ich von ihm gelernt, außer der täglichen Arbeit?

Wenn du willst, dass das Leben dich liebt, dann kann es nützlich sein, wenn du das Leben liebst.

Das vielleicht.

Da waren wir ja schon, als es um Antonioni ging, nicht wahr?

Wir wissen, dass es nicht stimmt.

Aber wir hoffen es immer wieder.

Ich will Ihnen noch eine andere Geschichte erzählen, eine von zwei Brüdern, dem Älteren zuerst, der Erfolg hat im Leben, der diesen Erfolg haben sollte, *der beauftragt worden war mit dem Erfolg*. Er wurde Rechtsanwalt, ein sehr erfolgreicher, den Traum seines Vaters erfüllend, der nach dem Krieg Jura nicht hatte studieren können und es bei einer Banklehre hatte belassen müssen. Der sich in einer Firma, so weit es ging, nach oben gearbeitet hatte – aber weiter ging es nicht, da waren die Juristen im Weg, die Studierten. Zu denen sollte einmal sein Sohn gehören, zumal, wie er immer wieder predigte, das Recht eine sichere Sache sei, das Recht werde es immer geben, wer mit dem Recht zu tun habe, werde zu allen Zeiten sein Auskommen haben.

Und es gibt den Jüngeren, kaum zwei Jahre jünger war er, der, kaum war er zur Welt gekommen, krank wurde, sehr krank. Man stellte einen Tumor in seinem Gehirn fest, er musste operiert werden. Die gesamte Energie der Eltern konzentrierte sich, kaum war dieser Sohn ein halbes Jahr alt, auf ihn. Um den Älteren kümmerten sich die Großeltern, während die

Eltern von der Kreisstadt, in der sie lebten, mit dem Kleinen immer wieder zur Universitätsklinik in der Großstadt reisen mussten, wo man schließlich sein Leben rettete.

Ja, er lebte. Aber wie!? Immer wieder, sein Leben lang, wurde sein Körper von allerhand Schwierigkeiten heimgesucht, er litt an diesem und an jenem, hatte schiefe Zähne und schielte und obendrein eine Neigung zu dummen Unfällen. Kletterte er auf einen Baum, fiel er garantiert hinunter und brach sich ein Bein. Spielte er Fußball, schoss man ihm, ganz sicher, einen Ball vor den Kopf, sodass er ohnmächtig liegen blieb. Und weil das so war, verachtete ihn der Vater ganz offen, er wurde nicht fertig mit dieser Schwäche, der Vater, weil er seine eigene Schwäche nicht ertrug, die unter anderem darin bestand, dass er im Krieg beide Beine verloren hatte und nun im Rollstuhl saß. Und die Mutter, verzweifelt und voll von einem Gefühl ihr unerklärlicher Schuld, meinte, immer für diesen Sohn sorgen zu müssen.

Der Ältere hingegen wurde ein guter Sportler, er brachte aus der Schule die besten Zensuren heim, er war der Stolz der Eltern. Doch gab es einen Tag, den er nie vergessen sollte: Er sollte in der Schule, weil er ein guter Flötenspieler war, bei einem Schulfest allein auf der Bühne vor Eltern und Lehrern ein Flötenstück spielen – und er versagte. Er saß dort allein auf der Bühne, die Noten des Flötenstücks vor sich, und für einen Moment schweifte sein Blick ins Publikum: Er sah in der ersten Reihe Mutter und Vater sitzen. Er sah den Vater ernst, und im Blick der Mutter sah er die nackte Angst, nichts Aufmunterndes, nichts Wohlwollendes, das er doch gebraucht hätte, nein, nur eine Angst, die *erstens* darin bestand, der Sohn da oben könnte sich und vor allem damit auch *sie* blamieren vor all diesen Leuten, und deren Inhalt *zweitens* – verrückterweise und genau im Gegensatz dazu – darin bestand, dass dieser Sohn sie und ihre Welt hinter sich lassen könnte. Sein Auftritt und später vieles andere in seinem Leben könnte so gut gelingen – darin bestand diese Angst auch –, dass er *ihr*, der Mutter, vor Augen führte, was ihr in ihrem Leben *nicht gelungen* sei.

Und er brachte, unter diesem Druck und in diesem Zwiespalt, keinen Ton aus seiner Scheißflöte heraus, hörte nur das Flüstern der Lehrerin aus der ersten Reihe, das verzweifelte Flüstern. So stand er schließlich auf, hinter sich Raunen und Murmeln und dann Gelächter, großes Gelächter, unvergessliches Gelächter.

Die beiden wuchsen zusammen auf. Der Jüngere schaute zum Älteren auf, aber der Ältere wünschte sich nichts sehnlicher, als dass es den Jüngeren nicht gäbe, ihn nicht und seine Schwäche nicht, den Hass des Vaters auf die Schwäche nicht, nicht den ewigen Versuch der Mutter, sich um diesen schwachen Sohn zu kümmern, und auch nicht das immer vorhandene und nicht zu verdrängende Gefühl, das dürfe doch nicht sein, dass man den eigenen Bruder so wenig möge, diesen armseligen Kerl, der ihn um seine

Kraft beneidete, um seine Erfolge und auch um die Freunde, und der eines Tages (und diesen Moment vergaß er, der Ältere, nie) aufschluchzte: *Ich möchte doch auch einmal einen Freund haben.*

So wuchsen sie heran. Der Ältere machte sein Abitur, studierte, wurde Anwalt. Der andere machte den Hauptschulabschluss und wurde Elektriker.

Doch hier geschah nun etwas Seltsames.

Denn es stellte sich heraus, dass nicht nur der Ältere mit großer Kraft an seinen Zielen arbeitete, sondern dass auch der Jüngere hinter all seiner Schwäche von einer nicht zu besiegenden Zähigkeit war. Eines Tages erzählte er dem Bruder, dass er, spät am Tag, nach seinem Dienst bei den Elektrizitätswerken, schon seit Jahren auf der Abendschule heimlich an seinem Abitur arbeite, ohne Wissen der Eltern, und dass er diese Abiturprüfung bald ablegen werde.

Und dann?

Dann werde er dem Vater dieses Zeugnis vor die Nase halten und sagen: Schau mal! Das hättest du nicht gedacht …

So geschah es.

Der Vater schaute. Und hatte es nicht gedacht.

Bald danach starb er, der Vater.

Die Kraft des Jüngeren schien nun, von außen, wie erloschen, er schloss kein Studium an, was er doch hätte tun können, sondern arbeitete als Computerfachmann, zu dem er sich durch Selbstlernen weitergebildet hatte. Niemand wusste, was er da eigentlich tat, doch er verdiente sein Geld, besuchte die Mutter, die nun allein lebte, half ihr im Haushalt und ertrug stoisch ihr Schimpfen über seine schlecht geschnittenen Haare, seine miserable Rasur, die ungepflegte Kleidung, seine vom Basteln am Auto immer schmutzigen Hände. Wie ein kleiner Junge ertrug er das, denn das gehört auch zu dieser Geschichte: Es gibt Menschen, die es nie schaffen, von ihren Eltern wie Erwachsene behandelt zu werden, sie finden einfach den Weg dorthin nicht, vielleicht auch, weil sie gar nicht wissen, dass es einen Weg dorthin geben könnte.

Der Ältere gab seinen Beruf als Rechtsanwalt auf. Er hatte diese Arbeit nie geliebt und hatte schon immer in seiner Freizeit gemalt, hatte die Bilder auch verkaufen können, eine Galerie gefunden und schließlich (aber erst, als der Vater gestorben war) den Mut gefasst, sich dieser Sache ganz zu widmen – mit Erfolg. Größere Sammlungen kauften seine Bilder, seine Ausstellungen waren Erfolge. Er konnte seine Familie mit dem Geld, das er dadurch verdiente, besser finanzieren als mit seiner Anwaltsarbeit – und schon damit war es ihnen gut gegangen.

Von einer dieser Ausstellungen will ich Ihnen noch erzählen, der ersten. Sie fand in seinem Heimatort statt, der Städtischen Galerie dort. Der Kulturreferent hielt eine Rede, auch er selbst, der Maler, musste sprechen – und sah in der ersten Reihe seine Mutter, mit jenem Gesichtsausdruck, den er kannte …

Aber diesmal redete er, er spürte, wie ihm der Kloß im Hals saß, aber er redete.

Jahre später starb die Mutter. Und ich kann Ihnen diese ganze Geschichte nur erzählen, weil ich damals den Nachruf auf sie schrieb, den Nachruf auf die Mutter eines der heute bekanntesten Maler des Landes, und weil ich vor der Arbeit an dem Text lange mit dem älteren Bruder geredet hatte, der einmal, vor seinen Kunsterfolgen, mein Anwalt gewesen war, und nun, nach diesem Gespräch, mein Freund wurde, mein bester. Und weil er mir, an einem langen Abend mit viel Rotwein, diese ganze Geschichte erzählte. Sie brach so aus ihm heraus, dass ich nach Stunden aufgewühlt vom Sofa in seinem Studio aufstand und durch den prasselnden Regen nach Hause lief, bis ich bis auf die Haut durchnässt war.

Ich besuchte, eine Woche nach dem Nachruf, die Beerdigung der Mutter.

Ich sah die beiden Söhne an ihrem Sarg, ich sah den Älteren aufrecht stehend, und ich sah den Jüngeren gebeugt weinend, ich sah sie nebeneinander aus der Kirche gehen, der Jüngere mit hängendem Kopf, und dann sah ich noch, wie der Ältere den Arm um ihn legte, und so gingen sie nebeneinander über den Friedhof.

Der Jüngere verließ dann die Stadt, wie der Ältere sie schon lange vorher verlassen hatte. So leben sie heute weit voneinander entfernt.

Der Ältere machte einmal den Versuch, den Jüngeren zu sich einzuladen, weil er die Pflicht dazu spürte. Er glaubte, ihn nicht allein lassen zu dürfen, aber wenn er dann da war, merkte er, dass es nicht ging. Der Jüngere hatte nie eine Frau gefunden, die mit ihm das Leben teilen wollte. Er hatte Versuche dazu gemacht, sie waren gescheitert. Er blieb allein, und dieses immerwährende Alleinsein merkte man ihm an. Er hatte etwas Schrathaftes bekommen, eine Neigung zum Monologisieren zum Beispiel über Themen, die sonst niemanden interessieren konnten.

Der Ältere hätte ihm gerne geholfen, einerseits, andererseits: Was sollte er tun? Er wusste es nicht, und wenn er ehrlich war, *ganz ehrlich,* dann hatte er auch nicht die Kraft dazu, nicht den Willen, das gestand er sich ein: nicht den Willen zu haben.

So blieb es bei drei Telefonaten im Jahr, zu den Geburtstagen und zu Weihnachten, manchmal nur bei ein paar Worten auf dem Anrufbeantworter. Und es war immer der Ältere, der sich beim Jüngeren meldete.

Dieser Ältere sagte mir, er habe so viel gewonnen im Leben, seine Bilder, seine Frau, seine Kinder, Enkelkinder. Er habe so viel hinter sich gelassen, die Enge des Lebens seiner Eltern, die Stadt, aus der er kam. Er habe die Weite und die Freiheit des Lebens gewonnen. Er habe so vieles, das ihn beklemmte und bedrückte, besiegt, sogar diesen angstvollen Blick der Mutter, der sein Leben durchbohrte, ja, auch mit diesem Blick sei er fertiggeworden, obwohl er ihn immer noch und immer wieder spüre.

Nur eines sei ihm geblieben.

Der Bruder, da draußen, der Einzige, der dieses alte Leben kenne und es eben doch nicht kenne oder ganz anders kenne und von dem er so viel wisse und doch fast nichts und zu dem er eine Verbindung spüre, für die er kein Wort habe.

So war das, und es war niemandes Schuld.

Es war so gekommen.

Manche Probleme, sagte der Maler, das habe er gelernt, könne man nicht lösen. Man könne sie bloß ertragen. Man könne nur mit ihnen leben, so gut es gehe.

Sehen Sie, und wenn wir vom *gelungenen Leben* reden, gehört das nicht auch zum Thema? Das Akzeptieren? Das Aushalten?

Ich erzählte meinem Freund, dem Maler, die Geschichte von dem Mann auf der Parkbank, erinnern Sie sich? Von der großen Angst, die dessen Leben so lange verdüstert hatte. Der Freund sagte mir, auch sein Vater habe zu jener Kriegsgeneration gehört, die aus sieben Jahren Soldatenleben neben allen möglichen physischen Verletzungen eine Neigung zum Verstummen mitgebracht habe, zur Unfähigkeit, über Gefühle zu sprechen, ja, sie überhaupt zu empfinden. Natürlich habe seine Frau, also des Malers Mutter, damit große Probleme gehabt, manchmal sei sie verzweifelt gewesen, und sie habe wohl auf ihn, den älteren Sohn, alles projiziert, was sie beim Vater, dem Büromenschen, nicht haben konnte: die Hoffnung auf Glanz, auf Einfühlsamkeit, auf Erfolg draußen in der Welt. Und gleichzeitig habe sie eben genau davor die allergrößte Angst gehabt, vor diesem Exponiertsein, den Angriffen, denen man vielleicht ausgesetzt sei, der Kritik. Genau das stand ja damals, bei seiner Ausstellungseröffnung, in ihrem Gesicht geschrieben.

Diesen Zwiespalt, sagte mein Freund, habe er mit ins Leben genommen: erstens Sehnsucht nach Erfolg und zweitens Angst davor. Und immer habe er gehofft, diese Angst überwinden, ja, sie beseitigen zu können, eine Angst, die ihn bisweilen grausam gequält habe. Bis er irgendwann verstanden habe, dass es nicht möglich sei. Dass er diese Angst nur verstehen könne und dann mit ihr leben müsse, immer in dem Wissen, woher sie komme, und dass sie mit der Wirklichkeit nicht sehr viel zu tun habe – dass sie aber trotzdem für ihn immer Teil seiner Wirklichkeit sein werde, mal mehr, mal weniger.

Folgende Geschichte.

Ich sitze bei Agim, meinem Friseur, und im Stuhl nebenan bearbeitet Thomas, sein Kollege, eine junge Frau. Er hat ihr ein bisschen die Haare geschnitten und mit dem Färben begonnen, die Frau sitzt also da nun herum, die Haare von Aluminiumfolie bedeckt, und einen Stuhl weiter hat eine andere junge Frau die Prozedur schon hinter sich, ihre Frisur ist fertig, sie wirft die Lippen auf, senkt die Wimpern um etwa zehn Grad, knickt den Hals ein wenig. Macht ein Selfie. Tippt ein paar Mal, wahrscheinlich steht es jetzt schon auf *Instagram*, das Bild.

Sie hat Natascha-Gesicht, sagt Agim leise.

Was meinst du?
Sie hat so *dem* Selfie-Blick.
Er imitiert die junge Frau. Wir lachen.
Wie eine geheimnisvolle Russin, weißt du. In einem Prospekt.
Er scheint der Ansicht zu sein, dass es Kataloge mit russischen Frauen gibt, lauter Nataschas, die alle so gucken, zum Aussuchen für deutsche Männer. Vielleicht weiß er da auch mehr als ich.
Sie steht auf, das Selfie ist fertig, aber der Gesichtsausdruck bleibt irgendwie, er ist wie festgefroren oder ihr ins Gesicht gemeißelt. Sie schaut nicht in die Welt hinaus wie jemand, der in die Welt hinausschaut, sondern wie eine Frau, die von der Welt betrachtet wird. Sie schaut so, wie sie gesehen werden möchte oder wie sie denkt, dass die Welt sie sehen will. Sie trägt den Blick, mit dem sie glaubt, in der Welt die besten Chancen zu haben. Es ist, als ob man ihr eine Maske aufgesetzt hätte.
Nein, sie selbst hat sich die Maske aufgesetzt, glaubt aber, es sei ihr Gesicht.
Nein, sie hat sich keine Maske aufgesetzt, sie hat das Gesicht, von dem sie glaubt, dass die Welt es von ihr erwarte, zu ihrem eigenen gemacht.
Sie glaubt, sie sei so, *wie sie sein muss*.

Die junge Frau beim Friseur: Könnte es sein, dass viele Menschen sich selbst so sehr von außen sehen, also nur ihre eigene Fassade betrachten, dass sie selbst nicht mehr wissen, dass hinter diesem Äußeren tatsächlich noch so etwas wie ein Inneres sich verbirgt? Dass sie also sich selbst nicht mehr kennen, weil sie sich nur noch mit den Augen der anderen betrachten? Vergisst man sich nicht selbst, wenn man nur noch auf diese Weise auf sich schaut? Wenn man vom *Like-Button* abhängig wird und alles tut, damit man anderen so gut wie möglich gefällt? Kennt man sich dann überhaupt noch? Oder ist man nur noch ein funktionierendes Teil einer Maschine?

Was ja nicht nur bedeutet, sich ständig beurteilen zu lassen und so zu sein, dass man immerzu möglichst gut beurteilt wird, sondern es heißt ja auch, selbst immer wieder andere zu beurteilen, aber nicht so, wie man es im Inneren empfindet. Denn zu diesem Inneren hat man möglicherweise gar keinen Zugang mehr, man urteilt sozusagen auch nur noch von der eigenen Oberfläche aus, man urteilt nicht im Sinne des eigenen Selbst, sondern in dem der Maschine, die am Laufen gehalten werden muss, im Sinn also des sozialen Systems, das wie geölt zu surren hat.

Mag ich, mag ich, mag ich …

Weil man sich selbst nicht mehr kennt, verlernt man, die Welt einmal *unbeurteilt* auf sich wirken zu lassen, sie sein zu lassen, wie sie ist, ihr zuzuhören, sie zu betrachten, ihr nachzufühlen – und nicht sofort allem und jedem einen Stempel aufzudrücken.

Like, like, like …

Ich meine, ich meine, ich meine.

Wir spielen ein Spiel, das nicht unseres ist. Man macht uns zu Rädchen in einem Getriebe.

Jetzt aber noch mal zu dem Wort Fassade.

Hatte ich nicht vorhin gesagt, es sei wichtig, dass man als Mensch andere Menschen hat, denen man Zugang gewährt zu dem, was hinter der eigenen Fassade ist? Zu sich selbst sozusagen? Menschen, die Einblick in das haben, wer man wirklich ist?

Ja, und hier, auf der nächsten Ebene der Erkenntnis, kann man nun sagen: Du musst natürlich schon auch selbst wissen, wer du bist, hinter deiner eigenen Fassade. Du darfst nicht selbst vor dir stehen und nur deine eigene Fassade sehen, wenn du an dich denkst.

Weil: Die Fassade hast du für die anderen errichtet. Na ja, ein bisschen auch für dich, damit du nicht untergehst in dieser Welt, damit du ihr Spiel mitspielen kannst. Damit du dich schützt, hinter der Fassade wie hinter einem Schild. Es gibt ja keine Häuser ohne Fassade, das ist unmöglich, und es kann auch keine Menschen ohne Fassade geben.

Zu einem *gelungenen Leben* gehört vermutlich, dass du nicht nur dein eigenes Leben siehst. Das gerät bei uns schnell in Vergessenheit: Der Mensch ist nicht nur Individuum, sondern als solches auch Teil von etwas Größerem, einer Gesellschaft – und deshalb frage ich mich gerade, ob es nicht sehr wichtig ist, dass er das Leben der anderen immer im Auge behält. Muss er nicht immer sehen, dass etwas für andere zu tun ein Gewinn für sein eigenes Leben sein wird, weil … weil er nun mal ein Mensch ist? Bedeutet also ein gelungenes Leben zu führen immer auch, *das Leben an sich im Blick zu haben*? Könnte es heißen: *ein gelungenes Leben* führt man am besten dann, wenn man nicht nur an das eigene Leben denkt?

Kürzlich habe ich ein Zitat von John Lennon aufgeschnappt.

Lennon, jetzt warten Sie mal, bevor ich es vergesse …

Ich habe gerade erst so eine schöne Geschichte über Lennon gelesen, in einer André-Heller-Biografie, Moment!, sie muss sich hier in diesem Stapel befinden …

Da!

Christian Seiler: *André Heller. Feuerkopf.*

Sie erinnern sich vielleicht, dass Lennon, nachdem er seine Gefährtin Yoko Ono geheiratet hatte, in einem Amsterdamer Hotel mit ihr zusammen ein *Bed-In* veranstaltete, wie das damals hieß, das sich über Tage hinzog und währenddessen die beiden, eben im Bett liegend, ein Interview nach dem anderen absolvierten. Aber woran Sie sich vielleicht nicht erinnern, das ist: Yoko Ono und John Lennon reisten am Tag darauf nach Wien, um eine nicht ganz so berühmte, dafür tausendmal lustigere Pressekonferenz zu geben, im Hotel *Sacher*.

Da erschien nämlich vor der versammelten Presse ein sich bewegendes, wackelndes weißes Stoffgebilde, ein weißer Sack, der sich in den Raum hineinbewegte und schließlich verharrte.

Worauf man eine Stimme hörte.

Ladies and Gentlemen, Mr. and Mrs. Lennon naked in a bag.

Es handelte sich also tatsächlich um Herrn und Frau Lennon, unter einem Betttuch des Hotels *Sacher.*

Zur versammelten Presse gehörte auch der sehr junge André Heller, er arbeitete fürs Radio, den *Österreichischen Rundfunk*, und er stand direkt neben den beiden und stellte die meisten Fragen.

John, bist du es wirklich?

Ja, ich bin es.

Woher sollen wir wissen, dass du es wirklich bist?

Weil ich es euch sage.

Und dann später:

Wieso zeigt ihr euch nicht?

Ihr wisst, wie ich aussehe. Wichtiger ist, was ich sage. Sonst verlieren die Worte durch die Konzentration auf mein Gesicht an Bedeutung.

Na ja, ehrlich gesagt, so bedeutend war es dann aber auch wieder nicht, was zu verkünden war.

Was denkst du über die englische Königin?

Wir haben sie übertroffen, weil wir mehr für den Frieden getan haben, als sie jemals tun können wird.

Wie habt ihr das gemacht?

Im Bett und im Sack.

Heller selbst berichtet, Lennons Manager habe ihn nach dem Ereignis eingeladen, sich am nächsten Morgen zu einem Frühstück in der Suite der beiden einzufinden. Dort werde er ein Interview führen können.

Als er, Heller, dann in der Frühe mit zwei Ton-Leuten dort eingetroffen sei, habe er niemanden gesehen. Die Suite sei aber offen gewesen, sie hätten die Räume betreten, das Paar im Bett schlafend vorgefunden und sie durch Absingen der österreichischen Nationalhymne geweckt, worauf Yoko Ono etwas Japanisches geschrien und Lennon nur ein *Oh, my god!* geäußert habe. Man habe darauf, so Heller, mit einigen Bücklingen das Zimmer verlassen und draußen gewartet, worauf es nach einer gewissen Zeit tatsächlich ein Frühstück gegeben habe, dann auch ein Interview. Dieses Interview sei, so Heller, natürlich aufgezeichnet, aber nie gesendet worden. Die Bänder seien verschwunden, irgendein Nebochant habe sie gelöscht.

Nebochant ist wunderbar, oder?

Wienerisch für *Ignorant*.

Geht es Ihnen eigentlich auch so, dass Sie, wenn Sie gewisse Dialekte hören, bedauern, dass Sie diese Dialekte nicht sprechen können? Ich meine, das Wienerische in all seinen Variationen – ich würde es gerne beherrschen, aber selbst wenn ich es beherrschte, könnte ich es nicht benutzen, das geht nicht, einen Dialekt können Sie sprachlich nur hernehmen, wenn

Sie in ihn hineingeboren sind, alles andere ist irgendwie, wie soll ich sagen?, ein Anwanzen, fast ein Diebstahl. Dialekt ist Sprachbesitz, es geht um Identität, nach der man sich vielleicht sehnt, nach so einem klaren Dazugehören zu einer Sprachgemeinschaft, wie der Mensch sich ja überhaupt immer nach Zugehörigkeit sehnt, und wenn man sich aber des Dialekts annimmt, obwohl er einem nicht gehört … Also, das geht nicht, man verlässt sich selbst und geht auf anderes Terrain, man versucht fast, anderen etwas von ihrer Identität zu nehmen, nicht wahr? Indem man sagt, kann ich auch, kann ich auch – und dann kommen ein paar Sätze Wienerisch oder dieses schöne, fast vergessene, halb gesummt, melancholische Münchnerische, das Sie in den Filmen von Helmut Dietl noch finden.

Aber man kann es eben nicht.

Andererseits: Es ist ein Spiel, man probiert was aus, und warum sollte man das nicht tun, spielen, ausprobieren? Das ist gut, das ist wichtig.

Ich weiß es auch nicht.

Aber das wissen Sie ja längst.

Was?

Dass ich es auch nicht weiß!

Jedenfalls – und jetzt komme ich langsam zu dem, was ich eigentlich erzählen wollte – musste das Paar danach zum Flughafen, mit zwei Limousinen, in der einen Yoko Ono und der Manager, in der anderen John Lennon, der Heller bat mitzukommen, damit man weiterreden könne.

Sie fuhren am Zentralfriedhof vorbei. Heller erklärte, dort liege Franz Schubert begraben, der wohl bedeutendste Liederkomponist *vor* Lennon und McCartney, wie er schmeichelte.

Er wolle Schubert besuchen, sagte Lennon.

Die beiden eilten, die Zeit drängte ja, zum Grab des Meisters, vor dem stehend Lennon stumm die Lippen bewegte – wer weiß, warum. Dann entdeckte er, dass im nächsten Umkreis Mozart, Beethoven, beide Johann Strauß, Hugo Wolf, Brahms und Gluck begraben liegen, auch Schönberg, so ergänzte Heller, befinde sich in der Nähe, und am Tag der Auferstehung werde sich, in musikalischer Hinsicht, hier der Nabel der Welt befinden.

Worauf Lennon sich gebückt habe, den Schnürsenkel aus dem rechten Schuh gezogen und ihn mit der Bemerkung *statt Blumen* auf Schuberts Grab gelegt habe.

Ein Schnürsenkel statt Blumen.

Allerdings John Lennons Schnürsenkel.

Aber ich wollte ja von dem Lennon-Zitat erzählen, das mir im Kopf geblieben ist. Es handelt davon, dass man nie das tun sollte, was das System von einem erwartet, sondern das, von dem man fühlt, dass man es tun sollte.

So:

Wenn es so weit kommt, dass du Gewalt anwenden musst, dann spielst du schon das Spiel des Systems mit. Das Establishment wird dich irri-

tieren wollen, es zupft dich am Bart, es schnippt dir ins Gesicht, damit du kämpfst. Denn wenn du einmal gewalttätig geworden bist, dann wissen sie, wie sie mit dir umgehen müssen. Das Einzige, womit sie nicht umgehen können, ist Gewaltlosigkeit und Humor.

Also, denken Sie an das hier, denn es gibt nichts Wichtigeres: Bleiben Sie immer bei sich, immer auf Ihrem Terrain, erinnern Sie sich, wer Sie sind und wer Sie sein wollen. Und handeln Sie danach.

Wissen Sie übrigens, was ich an Agim, meinem Friseur, unter anderem liebe? Es ist das Gefühl: *Dem* Leben ist bei ihm, wie es aussieht.

Wahrscheinlich ist das auch nur meine Fantasie, nicht wahr?

Jedenfalls ist es sehr entspannend.

Es gibt nichts Verborgenes, keine Geheimnisse, ich sehe alles. Sein Leben sind die kleinen Geschichten, die Anekdoten, er gestaltet einigen Fußballern aus dem großen Klub unserer Stadt ihre ausgefeilten Haarwerke, er frisiert die alte Dame aus dem fünften Stock seines Hauses, er rasiert dem Besitzer des Tattoo-Studios zwei Häuser weiter die Schläfen. Er schneidet mir meine Normalfrisur. Er macht Bemerkungen über die Frauen, die draußen vorbeigehen, er schwärmt von seiner Frau und den Kindern, der Tochter, dem Sohn, er ist müde, er ist wach, er sagt, er habe eine Vespa gekauft und er müsse endlich ins Fitnessstudio.

Er sagt, er habe *dem deutschen Pass beantragt*, bald werde er *dem* haben.

Ein Freund habe einen Test machen müssen, um seine deutsche Staatsbürgerschaft zu erhalten, da sei die Frage vorgekommen:

Wie sind deutsche Gerichte?

Na, so eher deftig halt, habe der geantwortet.

Die richtige Antwort sei aber gewesen:

Unabhängig.

Wir lachen, und ich sage, in Wahrheit sei das die beste Antwort überhaupt gewesen, komplett richtig, weil: wenn man eine Frage falsch verstehe und doch richtig beantworte, dann sei man wirklich angekommen in einem Land.

Und er sagt, ja, der Freund habe das Papier auch bekommen.

Und dann reden wir über Fußball, und ich denke, wie schön das Leben an Tagen ist, wo man nur seine Oberfläche sieht, nur ein paar Scherze macht, ein bisschen das Fußball-Geschehen bespricht, und dass ich natürlich weiß, dass es auch bei Agim nicht so ist, denke ich, dass sein Vater sehr früh starb, weil er, der aus dem Kosovo hierhergekommen war, wie ein Verrückter geschuftet hatte, um seiner Familie ein Leben hier zu ermöglichen. Was ich weiß, weil ich damals den Nachruf auf ihn geschrieben habe, den Vater.

Und dass ich auf Agim aufpassen muss, weil er auch zu viel arbeitet.

Und, denke ich, dass ich ihm das demnächst mal sagen muss, *dem Agim*.

Ich fasse zusammen, ein paar Stichpunkte – und dann mache ich mich an diese Rede.

Gelungenes Leben? Ein paar Vorschläge von meiner Seite.

Seien Sie aufmerksam, für sich und für andere, blicken Sie hinter die Fassaden, und öffnen Sie Ihre eigenen Türen. Versuchen Sie, sich selbst zu verstehen. Betrachten Sie Ihr Leben als Aufgabe, die Sie sich selbst gestellt haben. Falls Sie entdecken, dass Sie auf Schienen fahren, die Sie nicht verlassen können: Verlassen Sie diese trotzdem! Seien Sie offen für das Unerwartete. Halten Sie Kontakt zur Welt. Überprüfen Sie ab und zu die Drähte dorthin. Lächeln Sie einen Kaktus an! Achten Sie auf die Risse in den Dingen und den Menschen. Seien Sie bereit, falls das Glück Sie aufsuchen möchte. Bleiben Sie im Haus, wenn es Pech regnet. Passen Sie auf, dass Ihnen der Bedienhebel für Ihre Lebenslok nicht verloren geht, *the train it won't stop going*. Bedenken Sie, dass der Erlöser möglicherweise *Charlie* heißt und in einer U-Bahn unter Ihren Füßen umherirrt. Urteilen Sie nicht zu viel, hören Sie besser zu. Treffen Sie jederzeit selbst die Entscheidung über die Position Ihrer Mundwinkel. Essen Sie regelmäßig *Ihre* Knoblauchspaghetti. Üben Sie das Vergeben und das Vergessen.

Notieren Sie sich folgende Stichwörter: Staunen, Respekt, Zärtlichkeit.

Und suchen Sie sich einen Friseur, den Sie richtig mögen.

Und der Sie mag.

Dank

Ursula Mauder und ich hatten, nachdem es schon zwei gemeinsame Hörbücher von uns gab, seit Längerem über ein drittes nachgedacht. Sie schrieb und komponierte Songs (die man nun in ihrem Album *The Feel of Life – unplugged* hören kann): über die Höhen und Tiefen des Lebens, Erfüllung und Enttäuschung, Scheitern und Triumph, über Liebe, Lüge oder die Feigheit vor dem Freund. Ich wollte etwas schreiben, das damit in Zusammenhang stehen könnte, das einen ähnlichen Bogen spannt und das einfängt, was wir über das Leben gelernt zu haben glauben und worüber wir uns austauschten in vielen Jahren. In Walter Wemuts Monolog hat das seinen Ausdruck gefunden. So ist dieses Buch entstanden – und eben auch unser gemeinsames Hörbuch *Wozu wir da sind. Songs und Geschichten über das Leben.*

Wozu wir da sind gäbe es also nicht ohne Ursulas Musik, nicht ohne die vielen Gespräche, die wir über diese Themen geführt haben, auch nicht ohne ihre Kritik, ihren Ansporn und ihre mitreißende Begeisterung. Für all das danke ich meiner Frau sehr.

Natürlich ist das Hörbuch in Antje Kunstmanns Verlag erschienen, dem ich schon fast dreißig Jahre lang verbunden bin, eine Zusammenarbeit, die viel mit der Freundschaft zwischen meiner großartigen Verlegerin und mir zu tun hat. Damit aus vagen Ideen eine Geschichte wird, dazu braucht man (oder brauche jedenfalls ich) als Autor bisweilen jemanden, der einem mögliche Wege zeigt. Antje hat das getan. Dafür und für die gemeinsame Arbeit am Text bin ich ihr sehr dankbar.

Außerdem möchte ich mich herzlich bei David Hacke, Moritz Kirschner, Stefan Postpischil und Daniela Ptok für Hinweise, Gespräche, Lektüre, Kritik, Aufmunterung und zahlreiche Korrekturen bedanken.

Walter Wemuts Literaturliste

Bücher

Althen, Michael: *Liebling, ich bin im Kino! Texte über Filme, Schauspieler und Schauspielerinnen*, herausgegeben von Claudius Seidl, Karl Blessing Verlag 2014

Campbell, Joseph: *Der Heros in tausend Gestalten*, Insel Taschenbuch 2011

Cohen, Leonard: *Die Flamme/The Flame*, Kiepenheuer & Witsch 2018

Epiktet: *Handbüchlein der Moral*, Reclam 2014

Frankl, Viktor E.: *… trotzdem Ja zum Leben sagen: Ein Psychologe erlebt das Konzentrationslager*, Penguin Verlag 2018

Freud, Sigmund: *Gesammelte Werke*, Fischer Taschenbuch Verlag 1999

Grimm, Jacob, und Grimm, Wilhelm: *Deutsches Wörterbuch*, dtv 1999

Immermann, Karl: *Tristan und Isolde. Ein Gedicht in Romanzen*, J. E. Schaub 1841

Lenau, Nikolaus: *Sämtliche Werke und Briefe*, Insel Verlag Leipzig 1970

Mannix, Daniel: *Step Right Up!*, Harper & Brothers New York 1950

Nöllke, Matthias, und Sprang, Christian: *Aus die Maus. Ungewöhnliche Todesanzeigen*, Kiepenheuer&Witsch 2009

O'Brien, Flann: *Auf Schwimmen-zwei-Vögel*, Heyne Verlag 2005

Rilke, Rainer Maria: *Die Gedichte*, Insel Verlag 2006

Rosa, Hartmut: *Resonanz: Eine Soziologie der Weltbeziehung*, Suhrkamp 2018

Rosa, Hartmut: *Unverfügbarkeit (Unruhe bewahren)*, Residenz Verlag 2018

Seiler, Christian: *André Heller Feuerkopf. Die Biografie*, C. Bertelsmann 2012
Seidl, Claudius: *Die Kunst und das Nichts: Nahezu klassisches Feuilleton*, Edition Tiamat 2019
Simenon, Georges: *Maigret und Pietr der Lette*, Diogenes 1999
Tartt, Donna: *Der Distelfink*, Goldmann 2014
Ware, Bronnie: *5 Dinge, die Sterbende am meisten bereuen: Einsichten, die Ihr Leben verändern werden*, Arkana 2013

Aufsätze, Interviews
Buchholz, Jenny, und Heidenreich, Ulrike: *Wie wir leben, beeinflusst unser Sterben, Gespräch mit der Palliativmedizinerin Claudia Bausewein*, Süddeutsche Zeitung 26. Mai 2019
Bradley, Laura: *The Sopranos: Everything David Chase Has Said about That Notorious Ending*, Vanity Fair 10. Januar 2019
Rosa, Hartmut: *Was ist das gute Leben?*, Die Zeit 25/2013
Flaßpöhler, Svenja: *Ich will den Modus unseres In-der-Welt-Seins ändern, Gespräch mit dem Soziologen Hartmut Rosa*, Philosophie Magazin 4/2019
Michaelsen, Sven: *Bei glücklichen Menschen bleiben die Seiten leer. Gespräch mit Alexander Kluge*, Süddeutsche Zeitung Magazin, 45/2018
Stuff, Britta, und Sussebach, Henning: *Ich verschiebe den Zeitpunkt, aber nicht das Ereignis als solches, Gespräch mit dem Krebsmediziner Michael Hallek*, ZEITmagazin 22/2019

Autor

Axel Hacke lebt als Schriftsteller und Kolumnist des »Süddeutsche Zeitung Magazins« in München. Er gehört zu den bekanntesten Autoren Deutschlands, seine Bücher sind in zahlreiche Sprachen übersetzt.

Axel Hacke im Goldmann Verlag:

Über den Anstand in schwierigen Zeiten und die Frage, wie wir miteinander umgehen
Das Kolumnistische Manifest. Das Beste aus 1001 Kolumnen
Fußballgefühle

GOLDMANN
Lesen erleben